U0464154

Stars and Field

奶黄菠萝包

著

星野

完结篇

长江出版社
CHANGJIANGPRESS

图书在版编目（CIP）数据

星野 . 完结篇 / 奶黄菠萝包著 .
—武汉 : 长江出版社 ,2022.4

ISBN 978-7-5492-8217-3

Ⅰ . ①星… Ⅱ . ①奶… Ⅲ . ①长篇小说 – 中国 – 当代
Ⅳ . ① I247.5

中国版本图书馆 CIP 数据核字（2022）第 037404 号

星野 / 奶黄菠萝包 著

出　　版	长江出版社	
	（武汉市解放大道 1863号）	
选题策划	小　米	
市场发行	长江出版社发行部	
网　　址	http://www.cjpress.com.cn	
责任编辑	陈　辉	
特约编辑	连　慧	
印　　刷	河北照利印刷有限公司	
版　　次	2022年 4月第 1版	
印　　次	2022年 4月第 1次印刷	
开　　本	880毫米 ×1230毫米　1/32	
印　　张	8.5	
字　　数	160千字	
书　　号	ISBN 978-7-5492-8217-3	
定　　价	39.80元	

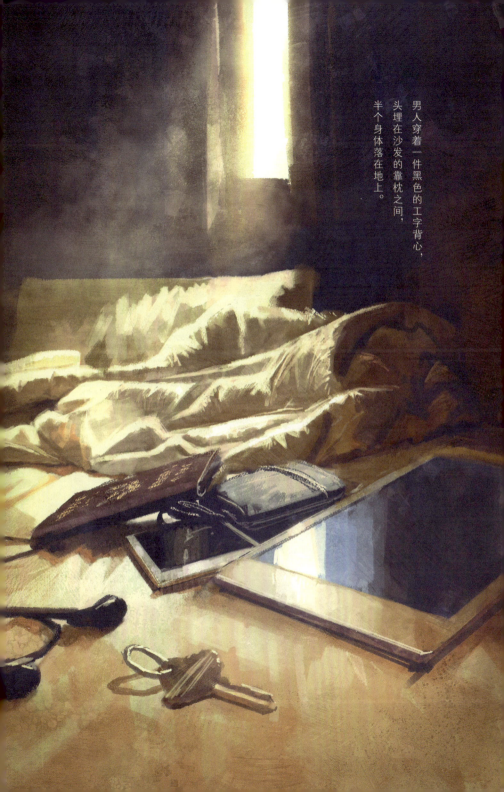

男人穿着一件黑色的工字背心，头埋在沙发的靠枕之间，半个身体落在地上。

目　录

contents

孤独城　　　　　　　　001

星　野　　　　　　　　141

番　外　　　　　　　　249

孤
独
城

孤
独
城

Stars and Fields

1

　　于星衍十七岁的生活和以往并无什么不同。

　　人们总爱在日子里择一些重要的来纪念，仿佛跨过了这些纪念日，就能有什么脱胎换骨的变化似的，实际上生日也好，新年也罢，也不过就是人生中普通无奇的一天而已。

　　无论在游乐园里怎样开心，于星衍到底还是个高中生，到了工作日，也得回归到平淡的学习生活中去。

　　上完一堂漫长拖拉的政治课，于星衍转着笔坐在座位上，望着黑板，有一种不真切的抽离感。

　　星期一，嘉城六中日光融融，到处都是一派欣欣向上的好光景。

　　高一年级的学生们最热闹，下了课便撒丫子出去玩，叶铮转头去和于星衍聊天，觉得于星衍好像比起之前正常了，看起来没那么恍惚了。

王小川在于星衍背后发出一声幽幽的叹息，"衍哥都背着我们有小秘密了，呜呜呜。"

于星衍转身就去掐王小川，骂道："秘密个头秘密，滚滚滚！"

王小川嬉笑着躲开他的动作，他虽然胖了点，但是是个灵活的小胖子，身姿敏捷地在后桌的方寸之地里闪躲，竟然也没让于星衍掐着。

叶铮看着熟悉的一幕，心里的大石头也落地了，好歹于星衍没一直那样陷在奇怪的自闭状态里，总算是个正常人了。

不少人从朋友圈知道了于星衍过生日，一早上来了几拨人给于星衍补生日祝福，有的还备了礼物。于星衍在王小川艳羡的目光中收下礼物，倒不觉得多开心，只觉得烦恼——以后人家过生日还得回礼，麻烦死了。

歌手大赛的热度到底是随着时间消散了下去，如今来班门口堵于星衍的女生也变少了。

一上午于星衍的课桌前来来去去不少人，午后放了学，几人一起打游戏的时候还聊起这个，王小川说于星衍朽木不可雕，那么多漂亮女生一个都不理，于星衍只是翻白眼不予理会。

一边游戏一边八卦，聊着聊着，火倒是从于星衍的身上烧到了叶铮的身上。

王小川对于星衍挤眉弄眼，怪笑道："衍哥，你是不知道，叶铮好像有情况哦！"

叶铮操作着角色，一张五官端正的脸憋得通红，愣是一个字都没蹦出来。

于星衍看他这样子，立刻加入了王小川的阴阳怪气阵营，"快说说。"

一提到这个，王小川就笑得打跌，手上的操作都要变形了。

"好像是外联部的美女，十八班的班花！我看见叶铮给人家朋友圈默默点赞了，哈哈哈！"

叶铮没有开口，只是默默地操作着游戏。

于星衍看着灰掉的屏幕，一脚踹向叶铮，"公报私仇！叶铮你这个'贱人'！"

叶铮冷笑一声，"再提这事我这演员当定了！"

三人打打闹闹间，午休的时光也就被消磨了过去。

下午最后一节是班会课，班主任有事来不了，改成了自习。

王小川兴致勃勃地拉着于星衍要去十八班一窥叶铮的新情况，于星衍到底也有点好奇，犹豫了几秒以后决定要去，谁知道刚准备起身出教室，微信上弹出来了一条消息。

钱：于星衍，今天放学我在六中正门等你。

于星衍的动作一滞，不顾王小川扯着自己，又坐回了座位上。

叶铮本来已经破罐子破摔，打算随便他们了，没想到于星衍好像又不去了，他有些讶异地撇过头，看见于星衍的脸色一瞬间沉了下来。

"衍哥，走啊，再不走上课就来不及了！"王小川催他。

于星衍垂眸又看了一遍消息，摇了摇头道："我不去了。"

王小川疑惑道："为啥啊？"

于星衍脑子里有点乱，不知道自己是见还是不见，他闷声抛出了一句话，"周钺来找我了。"

叶铮和王小川听到这话立刻对视了一眼，三个人瞬时安静了，气氛颇有种风雨欲来之势。

不远处的高三教学楼，1班教室内，老师拖了许久堂才把卷子讲完，也没剩几分钟给大家休息了，同学们揉肩的揉肩，趴桌的趴桌，教室里很安静。

许原景在习题软件上搜索一道题目，记着笔记，本子上的字劲朗好看，一看就是练过的。

这时崔依依一个微信电话打过来，许原景"啧"了一声，大有直接把手机丢给蒋寒的冲动。

许原景看了眼一无所知正在专心做题的蒋寒，把手机拿起，转身去了厕所。

掩上隔间门，他接通了崔依依的电话，"什么事，姐，快说。"

崔依依那边有些吵闹，各种乐器的声音交杂在一起，叮叮咚咚的，听不出调子。

　　"许原景，麻烦你个事，等下下课去正门找下于星衍，周钺在校门口堵他，我怕出事。"

　　崔依依的声音带了些紧张，"周钺真是个疯子，居然下午翘课过来堵于星衍，我看他这几天不声不响的，原来是在这等着呢！"

　　许原景挑了挑眉，不爽地捏了捏手指，怎么又是这个人。

　　"他一个人来的吗？"许原景问道。

　　崔依依消息灵通，语气确定道："他是一个人来的，邵子义都没带。"

　　许原景无语，"那你叫于星衍从后门走不就行了，他让正门见就正门见啊？"

　　"不怕一万就怕万一，于星衍去见他了怎么办？就让你去盯个梢！算我欠你人情行不行！"

　　"姐，我可不敢要你的人情，算蒋寒头上吧。"

　　他不等崔依依骂他，就直接把电话挂掉了。

　　手机屏幕跳回微信界面，许原景想了想，打算私聊于星衍问问，却突然想起来自己好像已经被于星衍删掉了。

　　聊天界面还停留在上次莫名其妙的对话，最后他发了个问号过去，不出意料显示的是一句"你还不是对方的好友，请通过好友验证"。

看着这聊天界面，许原景也是生出了几分荒谬之感。

他哥支使他照顾于星衍也就算了，怎么崔依依也来支使他了？

他看起来这么好支使吗？

这个疑问盘桓在许原景的脑海中，直到四十分钟后他走出学校大门，都还没缓过神来。

他出来的时间尚早，去学校对面的甜品店里要了份清热下火的龟苓膏，坐在窗前吃了一口，突然反应过来。

他好像真的很好支使。

这个窗边的位置能把嘉城六中大门口的情形看得一清二楚，许原景手机上收到了来自蒋寒一连串"你人呢"的诘问，他懒得回复，把手机倒扣在桌面上，慢慢吃着龟苓膏。

不一会儿，周铖就出现了。

穿着实中校服的男生站在六中门口还挺打眼的，好在保安认得实中校服，也没赶人反而多看周铖几眼，只当是来找同学的。

许原景决定吃完这碗龟苓膏要是于星衍没出现就回去，他反正是仁至义尽了，心中的火憋得难受，这种落面子的事情如果不是许原野的吩咐，一百个崔依依都不顶用。

一碗龟苓膏马上就要见底，许原景心上了然，估计于星衍是不会出来了，他闲闲插着口袋起身结账，刚推开甜品店的玻璃门，就看见背着书包的于星衍走了出来。

许原景脚步顿了顿。

怎么，还真出来了？

放学时分，嘉城六中门口的人流量说小不小，于星衍和周钺不知道说了些什么，一起往街对面走。

许原景立刻转身回去，趁着店员还没收拾桌子，重新坐回了自己刚刚的位置上。

果不其然，两个人奔着离学校最近的一家甜品店来了。

许原景招手叫来店员，把菜单打开遮住脸，余光瞄着两个人推开门走进来，挪了挪身子，让店员挡住自己。

于星衍和周钺不知道说了什么，两个人都很尴尬的样子，在门口那桌坐下了。

许原景和他们之间隔了半人高的富贵竹，倒是遮住了脸，但说话的声音却很清楚。

许原景又点了一份龟苓膏，心情复杂地坐在座位上，万万没想到自己有生之年也能干出这种听人墙角的事来。

门边的两人并不知道有一个人在窥探他们。

于星衍捏了捏水杯，他看着拿着菜单打算点东西的周钺，阻止了他，"不用点了，我马上就走。"

周钺停住叫服务员的动作，把菜单合上，放在桌子上，脸色阴郁了下来。

他又看了看于星衍，从包里拿出一份包装好的礼物盒，推到了于星衍面前。

"生日快乐。"

于星衍垂下眼眸，语气平淡道："谢谢，礼物就不用了。"

周钺脸色暗得能拧出水来，他沉着声道："于星衍，不至于吧？"

于星衍听到他这么说，抬起头，认真地看向周钺。

"之前的事情我们一笔勾销，我们还是朋友。"

听到于星衍的话，周钺知道虽然他说两个人还是朋友，但显然于星衍心里并不是这么想的，他的手掌攥成拳头，捏得很紧。

"周钺，谢谢你，但这个礼物我不能收。"

于星衍推开椅子，站起来离开。

于星衍走的时候没回头看周钺一眼，周钺咬着牙坐在座位上，气得有点头晕。

这个时候周钺就想一个人静一静。

谁知屋漏偏逢连夜雨，人倒霉的时候喝口凉水都要塞牙缝。

就在周钺怀疑人生的时候，耳边响起了一声满含嘲讽的笑声。

周钺阴着脸抬起头，看见的就是满脸幸灾乐祸的许原景。

那个拽得二五八万的刻薄小子插着兜走过富贵竹，掠过他，出了餐厅。

时光飞逝，转眼间，一年也走到了尽头。

零碎的小事暂且不提，于星衍在年末的这段日子里过得还是很开心的。旧友新友都在，成绩也稳定在班里的前三，周钺也没再来打扰他，一切都顺遂极了。

嘉城的天气在十二月彻底凉了下来，但是因为树木常青，冬日寂寥的味道倒不浓郁。

半个月前，漂移板社团和乐队的一群玩得好的人就开始策划跨年夜的活动，嘉城在九湖湾畔的餐厅每年都有跨年倒计时，几个负责人打算跨年夜一起去倒数跨年，顺便吃喝玩乐一番，得到了大家的积极响应。

于星衍虽然是个慢热的性子，但是一个学期过去，再慢热和社团里的人也玩熟了。加上周钺的烦恼已经解决，思考再三，他也参加了这次团建。

这次团建的地点定在了一家名叫"OPLUS"的音乐餐厅。

晚上出门的时候，于星衍穿了一件牛仔外套，里面是白色卫衣，一如既往的清爽打扮。

跨年夜大家都有活动，就连常年宅在家里的许原野都出门了，于星衍想问许原野去哪儿，但是最后还是没能问出口。

参加这次团建的一共有八个人，包括王小川、叶铮、于星衍在内，还有崔依依、阿呆、小邱几个玩得好一点的，蒋寒和许原景倒是没有来。

华灯初上，嘉城的夜晚繁华耀目，九湖湾畔早早就聚集了很多人，若不是崔依依先去占了位置，估计排队吃饭都能排上两个小时。

八个人分了两桌吃火锅，一边是无辣不欢的红油魔鬼辣派，一边是番茄骨汤鸳鸯派，都吃得很开心，说说笑笑，时间很快就到了晚上九点。

吃过饭后，果盘陆续摆上，没有外人在场，于星衍三人也放松许多。

于星衍默默给自己倒了一杯果汁，出来玩最要紧的事情是有朋友，崔依依拿出一副扑克牌放到桌面上，笑道："来玩小姐牌？"

小姐牌就是一种大杂烩游戏，每张牌都对应着不同的任务，把游戏拼在一起，比较方便。

于星衍不是很熟悉规则，他本来想举手说自己不玩，崔依依却大手一挥，说带着他来一盘就会了。

游戏开始，大家按照顺序摸牌，于星衍晕乎乎地跟着转了一圈，这才勉强看懂了怎么玩。

说到底还是看运气，最倒霉的是抽到"2"的人，要接受惩罚。

中间又混杂着很多小游戏，比如说绕口令、逢七过、逛三园这种常玩的，于星衍跟着也没出什么错。

玩了几轮，于星衍有点想去上厕所了，刚好隔壁叶铮抽到了厕所牌，他二话不说从叶铮手上抢了过来，赶紧开溜。

叶铮被抢了保命厕所牌，欲哭无泪地坐在那，看着于星衍脚底抹油溜得飞快。

于星衍快步往厕所走。

今天跨年夜非常热闹，到处都是满座，走道上也站了许多人，于星衍从餐桌区走出来的时候，感觉自己像一条终于回到水里的鱼，喘过了气。

男女厕所外面有一长条洗手台，用长条灯光围起来，男男女女们站在那聊天抽烟，于星衍目不斜视地走进男厕，闻到了一股呕吐物的味道，他捂住鼻子，赶紧解决完个人问题出去了。

好在洗手台的空气还算好，于星衍接了捧水洗脸，这里实在有些热，清凉的水让他整个人清醒不少。

于星衍不想那么快回去，站在镜子前拿出手机，正准备看看有没有人给自己发消息，耳边几个年轻男声交谈的声音不停响起，他避无可避地听见了一个熟悉的名字。

"天啊，听你这么说，许原野也太难请了吧？"

于星衍滑动手机屏幕的动作一滞，他咬了咬唇，没有抬头，竖起耳朵仔细去听那边的交谈声。

"许原野也来了？"

"这许家大少可太难请了……要不是这次有个他关系挺好的朋友，人家怎么可能来呢？"

"啊？走吧，我也是好久没见许原野了呢。"

于星衍抬起头，抬脚跟了上去。

场内的人实在是太多，于星衍勉强跟在那两个人身后，弯弯绕绕地穿过走道，于星衍看到了一桌人，都是年轻职业的打扮，而许原野在其中格外鹤立鸡群，气质卓然。

于星衍有些说不出来的恍惚和难受，在他对许原野的了解里，许原野就像天上的谪仙，不会沾染一丝红尘，可是他现在亲眼看着许原野懒散地坐在座位上，模糊一个侧脸，灯光流转，英俊非凡。

于星衍身边有许多人推搡着经过，他被撞得一个趔趄，再抬头去看，许原野正前倾着身子去拿酒，然后举杯和身边的人推杯换盏，无不开怀。

活动马上就要开始了，彩带纷纷扬扬地从设置好的礼花筒里往外冒，洒了站在走道上的于星衍一身。

于星衍看着金色的彩带在眼前落下，恍惚着伸手去摘落在脸上的那片。

人来人往，穿梭不停。

兜里的手机不停地在振，应该是他去厕所太久，朋友们来找他了。

可是于星衍的脑海里突然浮现出那天，歌手大赛结束以后，许原野给他摘彩带的画面，男人戴着金边眼镜，伸手拂过他的头发，温和又可靠。

原来，许原野也有很多样子。

原来，自己并不了解这个人，更没有走进他的世界。

他只能看到许原野的一部分，就像站在山脚下仰起头往上看，山顶云雾缭绕，他很想看清楚，却什么都看不见。

2

嘉城的冬日还是一如既往的湿冷。

跨年的钟声响起后，新的一年来临了。

高三年级的学习愈发紧张，就连平日里爱玩的崔依依也开始奔忙于各个艺术学院的考试，好久都见不到人影。

于星衍的世界里，所有人都在往前走。

一开始，他依旧每天放学就早早回到嘉城新苑，但是经常打开门以后，看见的是空荡荡的昏暗客厅。

有些时候，于星衍宁愿自己没有那么敏感。

如果他是个迟钝的木头，就像之前一样只把许原野当成同处一室的陌生人，或许现在就不会因为许原野不回家而难受吧？如果他不抱有任何期待，不在乎有没有人等他吃饭，就不会坐在餐桌上吃着外卖，却味同嚼蜡，心绪难平吧？

之前的欣喜、心安好像在这一瞬间都沦为笑柄，无论是在那个家里，还是这个小小的公寓，都始终没有自己的位置。

于星衍的新年，天是灰色的。

他从自己编织的梦里跌了出来。

他第一次这么依赖一个人，两个人一起吃饭，一起做题，一起过生日、谈心，这一切都让他觉得自己好似拥有了一个温暖的家。

可梦总有醒的时候。

没有人知道，十七岁的于星衍是怎样渴望长大。

他渴望有人能拔高他的枝节，能够给他的时间施下魔法，一夜之间让他长成大人的模样。

高一第一个学期结束，周叶开车过来替于星衍搬东西。

他到嘉城新苑的时候是下午，许原野并不在家。

周叶按响门铃，出来开门的于星衍裹着厚外套，小脸上没什么血色，表情淡淡的，看起来精神很差。

周叶也发现了于星衍的异常，但是没有多想，只把这当成是于星衍抵抗回家过年的消极表现，一边帮于星衍搬东西一边宽慰他，说于豪强在家总归也就待一个星期，让他该吃吃该玩玩，当后妈和她的小孩不存在就行。

于星衍被周叶送回去的时候，甚至没来得及和许原野说一句再见。

年节时分，嘉城的大街小巷都挂上了红灯笼，到处都是喜庆的红色，可惜路上的行人并不多。这座新兴的大都市每到春节都会成为一座空城，前来谋前程的年轻人纷纷返回了自己的故乡，留下这座庞大的城市机器，在隆重的节日里孤单运转着。

于星衍回到了南山花园的别墅里，于豪强和王菁菁都还没回家，他便上楼躲到了自己的房间里，谁也不想见。

微信上消息一条一条地往外弹，放假后的学生们如同离笼的鸽子，兴奋地扑扇着翅膀，就算是要过年了，依旧停不下来筹谋活动的心思。

叶铮和王小川又来约于星衍出去玩，这次约的是玩狼人杀，也是赶了一把时髦。

于星衍懒得出门，把活动都拒绝了。

许原野发了条消息过来，问他到家了没有。

于星衍缩在被子里，慢吞吞地戳着键盘，回道："到了，谢谢原野哥关心。"

消息回复过去，半晌没有得到回音。

他闭上眼，把被子拉过头顶，在一片漆黑里睡了过去。

期末的那段时间，于星衍生了一场绵延许久的病，起初只是小感冒，他没有放在心上，后面却愈演愈烈，变成了来势汹汹的发烧。

生病的滋味并不好受，整日头晕脑涨。

好几天许原野都没有出门，在家里照顾生病的他，那时候于星衍心里有一丝丝窃喜，可是睡意蒙眬间，却听到他打电话的时候和对面的人说，"我要照顾生病的小朋友，他舅舅特意来电话让我帮忙照看一下。"

这句话就好像当头一棒，把沉溺在许原野温柔体贴模样里的于星衍敲醒了。

他渴望在这个小公寓里找到家的感觉，渴望从许原野那里找到一丝温暖，这些渴望就像一把悬在空中许久的刀，一点一点地抽去了他身体里的力气，以及所有的情绪。

他放假了，既害怕留在嘉城新苑，又不想回南山花园承受那份煎熬。

可是他却没有选择。

周叶在电话里对他说，任性也要有个度，过年怎么能不回家？

于星衍像一具行尸走肉一般回到了南山花园，裹在被子里，把自己裹成了蝉茧。

破茧成蝶、破茧成蝶……他什么时候才能迎来新生呢？

辞旧迎新的正月里，嘉城难得迎来了好日头。

虽然阳光没有什么温度，但是暖色的光却让人心情舒朗。

那洒落在地上的阳光蒸腾了泥潭里的积水，旧年日里的一切都好像这浑浊不堪的泥水一样，被阳光蒸发，再也寻不到踪影。

于星衍脑海中闪现过无数掠影，那些碎片飞快地聚拢又散落，他努力去抓，手中却割开了口子，流了一地的血。

那时候，于星衍以为，这会是自己人生中最糟糕的时候。

除夕当日，于豪强特意从酒店定了一桌宴席，于星衍坐在餐桌前，旁边是那个讨厌的小土豆。

中年发福的于豪强一脸横肉，挺着大大的啤酒肚，旁边是挽着他的手笑得柔顺娇媚的王菁菁。

于星衍的灵魂离了身体，冷冰冰地浮在半空中注视着一切。

他听到一脸欢喜的于豪强拉着王菁菁的手，宣布那个让他大脑嗡鸣的消息。

王菁菁有孩子了。

在那一瞬间，于星衍恍然大悟地想到，原来人生最糟糕的时刻永远在下一刻。

他看着于豪强温柔地去摸王菁菁的肚子，看着平日吊着眉梢的王菁菁脸上也浮出一抹慈母般的温柔爱意，只觉得自己好像不应该存在于这个家里。

他好像一直是一个任性骄纵的小孩，所有人都说，于豪强宠着他，给他大把的零花钱，从来不管他，也不会呵斥他挑食，责怪他熬夜……他是一个小少爷，穿好的，吃好的，家里住着大别墅，出行还有司机接送。

可是他却觉得当这样一个小少爷没什么好的。

也许是人永远渴望自己尚未得到的东西吧。

他就是这样一个恬不知足的人。

除夕夜，春节联欢晚会的背景音乐在客厅里回荡，于豪强和王菁菁坐在沙发上挑选着婴儿用品，小土豆没心没肺，只知道打游戏。

只有于星衍，一个人躲在自己屋的阁楼上，推开天窗看星星。

他叫星衍，星河衍变，万千奥秘皆在其中，是他的妈妈给他取的名字。

可是他现在努力去回想，有关母亲的回忆也变得模糊且不清晰。

于星衍支着下巴，坐在天窗下，南山在嘉城的郊区，这里绿化很好，天空干净，倒是能够看见繁星点点。

圆月昏黄，星星闪烁，是一幅很美的景象，可是他只觉得寂寥。

以前学习诗词，于星衍总是想，人怎么能对着和自己毫不相干的景物生出那么多闲情愁绪来呢？可是他现在看着这天上的星月，却好似明白了几分。

因为他的孤独，所以他看天上的星和月，都觉得寂寥。

于星衍开着天窗在床上睡了过去，被清晨的寒凉冻醒了。

早上五点多，窗外还是一片昏沉黑暗，偶尔有几声虫鸣，也听不真切。

他坐在床头，拿出手机，点开了阅读软件。

系统提醒他，在野更新了。

仿佛是为了庆祝新年的到来，《荒野》加更了一万字，于星衍面无表情地坐在床上点开了新的章节。

他的手指机械地滑动，却在看到某一页的时候突然僵住了。

下拉后，新显示出来的文字上面写道：

封野其人没什么善心，他左不过见这小子细皮嫩肉，身上的衣服虽然破了，但是可以看出是用上好的布料做的，便起了趁火打劫的心思，没想到却惹上了一个大麻烦。

那个在雪地里揪住他衣角的男孩抱着自己，浑身都在战栗，看起来可怜极了，一双秀气的杏眼却很亮，嘴唇嗫嚅着，用沙哑干涩的声音问道："我叫简星，简单的简，星星的星，你呢？"

于星衍喉结微动，他不敢置信地把页面往回拉，又看了一遍。

于星衍突然做了一个决定。

在游乐园里的时候，许原野告诉他，如果有不开心的事，可以和他讲。

那他现在和他倾诉烦恼，他会愿意听吗？

这样想着，于星衍便拨通了许原野的电话。

许原野一如既往起得很早，接通于星衍电话的时候，声音里已经没有了困意。

他听见对面的男孩沉默了一会儿，说了一声"原野哥新年好"，细声细气的，好像很不开心的样子。

许原野下意识地放柔了声音。

这通电话打了半个小时，又过了半个小时，于星衍下楼了。

于星衍下楼的时候，眼睛微肿，他背着一个双肩包，手里提着行李箱。

客厅里没有人，这栋别墅里只有他醒着。

在这个寒风料峭的清晨，许原野叫车到南山花园，接一个任性胡闹的小朋友。

于星衍走出小区的大门，看见那辆停在路边的车，脑海中回想起他刚刚在电话里对许原野说的话。

他说："怎么办？我不想因为一个新生命的降临而开心，虽然这个生命是无辜的。我也不想待在南山花园，可是我好像没有办法选择，没有办法选择走，或者是选择留。"

许原野是怎么告诉他的？

许原野说："没关系，我帮你做选择。"

他一边和于星衍打电话，一边叫车来到南山花园。

于星衍围着围巾，脸蛋被寒风吹得通红，眼睛里还蓄着泪。

其实他昨天晚上那样难过，却一点都不想哭，看着满心喜悦的于豪强，他好像丧失了哭的能力。

可是在听到许原野声音的那一刻，他的眼泪却重新回到了眼眶里，不由自主地往下掉。

许原野穿着一件驼色的大衣，身姿颀长，出门急没有戴眼镜，那双狭长的眸子看着于星衍，全是包容。

于星衍在这一年的大年初一，跟着许原野回到了嘉城新苑。

他和许原野说，自己好像没有家了。许原野却告诉他，好巧，他也没有了。

男人过年并未离开嘉城新苑，于星衍走进屋子，这才恍然，他好像还不知道许原野是留在嘉城新苑过的年，下意识里，他以为许原野和他一样，也会离开这里回家。

换鞋的时候，许原野弯腰，看着他。

他对魂不守舍的于星衍说："于星衍，你要记住，你人生中最重要的事情，就是做自己。想离开，想挣脱，不是你的错，所以也不需要感到愧疚。"

于星衍听他说话，下意识地反问道："可是，不是什么事情都能如我所愿的啊？"

许原野笑了，对他说："那你就快点长大吧，在长大之前，只能麻烦我了。"

于星衍步入高三那年的夏天，嘉城六中迎来了新的一批高一生。

暑气炎炎，校园内到处都是叽叽喳喳的谈笑声，蝉鸣拉长了调子，和空调主机的轰隆声交融在一起，谱写成夏天的专属歌曲。

军训过后，晒得黝黑的新生们探头探脑地站在社团招新的海报前聊着天，有说想去音乐社的，有说想去街舞社的……但是更多的，在女生们谈论里出现的关键词却是"漂移板社"。

如果有人问起为什么想进这个社团，还会得到她们激动的"科普"。

这个社团里，有大帅哥！

嘉城六中的风云人物一代接替一代，上一届让女生们无法忘怀的校草许原景毕业以后，又有新人上位，成了话题的中心。

学校贴吧里回复最多最热门的帖子，就是求漂移板社团社长的联系方式。

当然，虽然高楼筑起，下面却依旧没有联系方式。

作为当事人的好友，也是漂移板社的副社长，王小川表示，压力真的山大。

午后，王小川坐在社团活动室里，面前摆了一张堆了厚厚一叠报名表的课桌，他拉着一张苦瓜脸给于星衍打电话。

那边过了两声才接起，王小川急哄哄地问道："衍哥，你什么时候过来活动室？还有十分钟招新面试就要开始了！"

于星衍那边的背景音有些嘈杂，清冷干净的嗓音穿过电流传到王小川耳旁。

"我刚上完提高班，现在去超市买个面包吃，你们先面试吧。"

活动室里坐着五六个社团的骨干成员，除了叶铮王小川还有几个他们下一届的学生。

高三生活刚刚开始，于星衍却已经忙得脚不沾地了，作为这一届重点培养的状元苗子，老师们恨不得他有三头六臂，可以同时上无数个辅导班。

毕竟，去年的全省前十被隔壁实中抢了大头，不复前年许原景统治的辉煌，老师们都把希望放在这一届的于星衍身上了。

王小川挂掉电话，看了眼活动室门外排起长队的面试队伍，唉声叹气地看了眼那厚厚的报名表。

天可怜见的，来面试的人里可能有百分之八十都是冲着于星衍来的，他们几个坐在这里，与其说是招新，还不如说是替于星衍断绝新生们的念头呢。

去年来面试的人虽然也很多，但是远远没有这次这么夸张。

高二的时候于星衍参加了全国英语演讲比赛，决赛视频就放在学校官网上吸引流量。这种画质一般、打光一般的官方视频本来应该成为黑历史一般的存在，没想到于星衍硬是凭着自己的颜值撑住了。

那段演讲视频里，男生穿着白衬衫西装裤，眉目精致好看，气质绝佳，可以说是在外形上就已经赢得了头筹。这个视频还被人截图发到了微博上，获得了不少的点赞评论。

从那以后，于星衍的人气就居高不下，连带着他高一参加歌手大赛的录像也被翻了出来，于星衍甚至还遇到了来校门口蹲他的星探，中间种种啼笑皆非的事宜略过不提，到最后，于星衍烦不烦不知道，王小川和叶铮是真的烦死了。

面试如同王小川和叶铮预想的一样让人疲惫。

送走最后一位奔着于星衍来的学妹，王小川呈大字形躺在椅子上，手里的报名表已经筛成了薄薄的一沓。

"我的妈啊……我真想举个牌子在我的脸前面，上面写四个大字'我不知道'！"

叶铮沉浸在自己的苦恼中，看了眼手机，有人约他一起去自习室，立刻起身找人去了。

剩下几个高二的学生陪着王小川整理报名表，他们已经在于星衍的光辉下沐浴了一年，面对这种场景，学会了淡定。

结果到最后，说是去超市买面包的于星衍都没能来活动室，因为他刚走到超市，又被化学老师微信轰炸，随便买了一个面包就匆匆赶去上化学火箭班去了。

谁能想到，在众人眼里光芒万丈、高高在上的校园男神，其实是个被学习压榨得没有自由的小可怜呢。

于星衍的一天直到晚自习才轻松了一些。

第一节晚自习下课，眼保健操的背景音响起，于星衍拿着水杯出门接水，叶铮跟在他的旁边。

一晃高中就已经过去了两年，于星衍从当初青涩稚嫩的十六岁长到了如今的十八岁，变化的不仅只是身高，还有气质。

劲瘦的腰，修长的腿，还有一张漂亮但不阴柔的脸。身上的气质如同月光般干净，走到哪里，都是那样耀眼灼目。

打完水回班，走廊里有女生举着水杯挽着姐妹和于星衍偶遇，于星衍目不斜视，就像没看见一样。

今天是许原野新书《荒野》完结的日子，这本连载了将近两年的小说也终于走到了故事的尽头。王小川和叶铮晚自习前还和他一起讨论了这件事情，表示在野真的是网文届的扛把子选手。

于星衍夹在他们中间，默然不语。

两年过去了，他再也不是当初那个听见一点关于许原野的消息就格外关注的小孩子了。他已经学会了收敛、学会了掩饰。在王小川和叶铮提起"在野"的时候，他可以熟练地摆出一张平静淡定的面容。

这两年，光阴似水，催着他长大。

于星衍下了晚自习，背着书包回到了嘉城新苑。

高三生学习负担很重，包里总是有做不完的卷子，于星衍偶尔也会带几张回去，请许原野指点。

推开门的时候，于星衍深呼吸了一口气。

男生这两年长高了四五厘米，现在也堪堪够到了一米八的门槛，就算站在许原野的身边，也不显得矮了。

和他预想中的一样，餐桌上摆好了消夜，高脚杯里是醒好的红酒。

灯光昏黄，许原野穿着一件黑色衬衫，正在低头看书，细框金边的眼镜上反射出细碎的寒光。

许原野听到开门的声音，抬起头，看向他。

男人说话的语气带了点笑意，"你怎么点了这么多吃的？"

于星衍换上了天衣无缝的乖巧安静的面皮，一边换鞋一边对许原野说道："说了今天要和你吃庆功宴，既然错过了晚饭，那消夜就丰盛一点嘛。"

似乎是有些无奈，男人摇了摇头，把书本合上放到一边，"好了，快来吃吧。"

于星衍低着头走了过去。

两人这顿庆功宴也在温馨且和谐的气氛中很快吃完了，于星衍嫌弃自己身上一股子消夜的味道。打算先去洗个澡再和许原野讨论作文的事。

于星衍将自己泡在浴缸里，水汽蒸腾，视线一片模糊。

再多的疲惫在泡澡的时候都能得到疏解，无论是身体上的，还是精神上的。

于星衍的思绪在放松的时候变得像柔软蓬松的云朵，不同的片段交杂融合在一起，模糊了界限。可能时间确实是最好的良药，能够抚平所有的难平和委屈，于星衍现在想起来，心里只剩下了空茫。

许原野是个信守承诺的人，这两年说要照顾他，就会在他迷茫的时候为他分析前路，拨开他眼前的迷雾，带着他往前走。

无论是处理家庭、友情，还是学业，许原野都那样游刃有余，说话鞭辟入里，于星衍不知道多少次在心里想，自己成长的过程中，遇到他，真的很幸运。

于星衍觉得自己长大了。他已经能够理解许原野对待自己的态度，已经能够吞下自己的难受，把这些全部化成学习的动力。

他想起去年周叶说起许原野的事情，好像还是有所隐瞒，但是那又怎么样？

于星衍相信自己的眼睛，相信自己的心。无论许原野有什么背景，抑或是有什么他不知道的秘密，他觉得自己都能接受。

如果说，他有什么在乎的，有什么难以企及的，那便是想要一份温暖，一个家。

于星衍觉得自己变了很多。

小时候，他因为家庭的关系没有上过幼儿园，甚至连去小学的年龄都比别人要晚一些。在学校里，他年纪比别人大，开窍却比别人晚，没有人指导他如何和同学相处，他做事情全凭心情。

于星衍知道，以前虽然因为他的要求，王小川和叶铮都叫他衍哥，但是他们却总是把他看"小"，心里面觉得他才是需要照顾的那个。

可是现在不同了，于星衍已经明白了很多，也成熟了很多。不会像以前那样任性地对同学们爱答不理，也不会全凭心情做事。

浴缸里的水温热，包裹着他的身体，入浴球已经化开，是清新的橙子味。浴室里灯光明亮，于星衍靠在浴缸壁上，闭上了眼睛。

这个澡泡得有些久了。

于星衍从浴室里出来，扶着墙壁，感觉身体疲软，但是精神却格外好。

许原野应该还没有睡，因为他和他约好了，要看看他这次考试的作文。

客厅里，仿佛还残留着食物的味道，淡淡的炸鸡味弥散着，许原野坐在客厅的沙发上，难得的放松。

许原野一直连载的小说完结，也算是卸下了肩头的一个重担，彻底迎来了自己的假期。

微信里厉从行还在问他出不出去喝酒，这老男人前段时间刚

孤独城 *Stars and Fields*

分手，正是失意的时候，天天想着借酒消愁。

许原野拒绝了他，厉从行在微信里愤怒地发了百字小长文控诉他。

许原野按灭手机屏幕，眼神扫过浴室，心里泛起一丝疑惑。

于星衍已经进去快一个小时了还没出来，不会是在里面睡着了吧？

他刚刚起身，浴室的门就被推开了。

于星衍穿好衣服推门出来，刚好看见从沙发上站起来的许原野。

"原野哥，等我一下，我去吹个头发。"

许原野点点头坐回到沙发上。

吹过头发，于星衍从包里拿出自己的作文纸，走到许原野旁边坐下。

夜色深了，十二点后的嘉城安静了下来，客厅里一片寂静。

每次考试过后，许原野都会给于星衍开小灶讲作文。于星衍在许原野的辅导下作文水平突飞猛进，如今成了理科班里难得的各科平衡的大学霸。

这次的作文题目是讽刺漫画，许原野看了一眼，脑海中很快就把立意分析了出来。

手指在纸上轻点一下，许原野闻到了一股牛奶橙子的香味，他顿了顿，把于星衍的作文纸拿了起来，开始浏览。

许原野看完于星衍的作文，转过头，目光和于星衍的视线对上。男生看着他的眼神有点紧张，似乎是在等待着他的批评。

他很久没有这样仔细地去看于星衍的眉眼了，此刻他近距离地打量，发现于星衍还真的变了不少。稚气少了，少年气多了，和以前记忆里的一团孩子气浑然不同。

不过转念一想，于星衍也过了十八岁生日，长大也是正常的。

许原野把卷子往于星衍那边推了推，开口给他讲解起来。

二十分钟过后，于星衍拿着作文站了起来，"原野哥，谢谢你，晚安！"

于星衍转身离开了客厅。

许原野看着他的背影，发现他不仅长高了不少，肩膀也变宽了，初具了男人的模样。

他嗤笑了一声，摇了摇头，起身也回到了房间里。

许原野捏了捏指节，在椅子上坐下，拿起了本子和笔。

他有写随笔的习惯，这么多年，每天都会在纸页上记录一些零碎想法，为写作积累素材。

指腹摩挲过纸张，许原野拧开钢笔盖子，抬起手在新的一页上写下了一句话。

牛奶、柑橘、拔节的脊骨。

墨水在最后一字的停顿下洇开，变成了一个小墨团。

许原野看着这页纸，忽然之间失去了写任何东西的兴趣，他"啪"的一声把本子合上，转身往床边走去。

手机里消息不停，许原野随意翻看了几条，然后打开了朋友圈。

朋友圈下拉，许原野翻着翻着，就翻到了于星衍的朋友圈。

今天晚上十点发的朋友圈，配图是六中高三楼往外看的夜景，没有文字。

许原野的视线在这条朋友圈上停留了片刻，点了一个赞。

灯光暗下，许原野躺在床上，阖上了眼。

3

许原野赴完厉从行的约回到嘉城新苑，时间是晚上九点刚过。

客厅里一片漆黑，许原野抬手按亮吊灯，暖黄色的光一瞬间盈满了他的视线。

他把鞋换下，直起身往客厅里走，脚步在走到玄关的时候一顿，视线触及一个此刻本不应该出现在客厅里的人。

沙发上，一个清瘦颀长的身影躺在那里，穿着六中校裤的腿一只搭在沙发上，一只斜放在地上，校服外套遮住了脑袋，手臂压在外套上，衬衫被这个动作拉起，露出了腹部的线条。

许原野放轻了动作，缓步走了过去，他皱了皱眉，把盖在于星衍头上的校服外套往下拉了拉。

目光扫过茶几，上面还放着一沓试卷，笔盖孤零零地躺在试卷纸边，而笔杆已经滚落到地毯上，这些都昭示着于星衍睡过去的时候有多么猝不及防。

校服外套被许原野拉下，男生的小半张脸就露了出来，凌乱的刘海下眉头微蹙，睡得很不安稳的样子。

不知道在梦中想到了些什么，于星衍咬住了嘴唇，身子就要往沙发外侧转去。

许原野看他的动作，眼疾手快地捞住了要掉下去的男生。

于星衍被惊醒了。

他背靠着沙发，腿跪在地毯上，睁开眼，朦胧模糊的光影重叠，对焦以后，许原野的脸清晰地出现在了他的视线里。

他好像在沙发上做卷子做到睡了过去。

于星衍抬起头看向许原野，开口的时候，声音有些沙哑，"原野哥，拉我一把，我腿麻了。"

他把手朝许原野伸过去。

于星衍的腿麻了，站着的时候佝偻着身子，有些重心不稳地晃了晃。

他的手臂朝茶几伸去，拿起放在上面的试卷和笔盖，又低下头，去寻找落在地毯上的笔身。

就在他遍寻不到的时候，许原野叹了口气，蹲下身，从茶几腿的后面拿起笔递给了他。

"谢谢。"于星衍声音低沉，看起来整个人都没什么精神，他把笔盖好，起身就想往房间里走。

这样子的于星衍反常到许原野无法忽视了。

许原野扣住了他的肩膀，皱起眉头，问道："于星衍，你怎么了？"

于星衍有些累。他大脑一片混沌，甚至都无法组织出周全的语言来应对许原野的问话，便只是淡淡地勾了勾嘴角，回答道："没什么，回去参加了我弟的周岁宴。"

周岁宴啊。办得那样隆重，那样热闹，在富丽堂皇的宴会大厅里，摆满了整整一桌的物品，小小的孩子趴在上面，一脸无辜懵懂地伸手去探，抓到了一本书。

宾客们鼓掌欢笑，庆祝于豪强又多了一个会学习的小儿子，以后肯定是前途不可限量。

被押着回去的于星衍站在于豪强的身后，看着那虎头虎脑的小婴儿，心里说不出是什么滋味。

他好像是个局外人，那些本该刻于血脉里的亲情，他全数没有感受到。

和他相隔了十七岁光阴的小生命叫作于阳悦，听这个名字，以后他应该会是一个生活在光明和快乐中，无忧无虑长大的小男孩吧？

老来得子的于豪强抱着于阳悦，笑得那样自豪，那样灿烂。于星衍忍不住想，在他小的时候还没有记忆的时候，他的那场周岁宴上，于豪强是不是也这样笑过呢？

于星衍端出一副优等生的乖巧模样，站在于豪强的旁边，谁看了都要夸上一句。于豪强自觉自己人生功成圆满，难得的，在宴席散了以后拉着他说了许多关心的话语。

虽然于豪强已经好多年没有去过他的家长会，虽然他连于星衍的班主任叫什么名字都不知道。

于星衍站在于豪强面前，听着他说话，只觉得索然无味。

原来，错过的事情便是错过了，无论于豪强此刻因为新生命而唤起了多少父爱，他都没有办法弥补曾经的遗憾。

他拒绝了于豪强回南山花园的邀请，说自己还要学习，让周叶送他回了嘉城新苑。

卷子很多，于星衍即便是在吃了一顿身心俱疲的生日宴，也还要强撑着精神把今天的课业完成，他连回房间的力气都没有了，直接躺在沙发上做起了卷子。

于星衍自觉自己算不上绝顶聪明，所以只能以勤补拙，每天都不停歇地前进。没想到就这样在沙发上睡了过去。再睁开眼，看见的就是许原野。

许原野听到于星衍的话，搭在于星衍肩膀上的手掌微微用力，把男生按回了沙发上。

"今天晚上没吃什么吧？肚子饿吗？"

于星衍这才后知后觉地摸了摸自己的胃部，瘪瘪的。确实，他今晚没吃什么东西。于豪强喜欢排场，王菁菁更是希望她的儿子得到最多的关注，把周岁宴办得觥筹交错，于星衍在那里什么都吃不下去。

许原野让他在沙发坐一会儿，转身去了厨房。很快，一碗热腾腾的鸡蛋面就端了出来。摆在于星衍面前的面条冒着热气，筷子被递到了于星衍的手上。

许原野的声音柔和了许多，或许是因为看见于星衍这样失魂落魄的样子，他不自觉地又想用哄小孩那套来安慰他。

于星衍吸了吸鼻子，吃起面条。

鲜香的面条吸入嘴里，饿意喧嚣起来，于星衍越吃越快，风卷残云一般把面碗扫荡了个干干净净。

"原野哥，你做的面条真好吃。"

他抬起头，对着许原野说道，嘴唇上潋滟着星点油光，一小粒葱花粘在嘴角，看起来像偷吃食物忘记擦嘴的仓鼠。

许原野从面巾盒里抽了一张纸，放在了于星衍的手上。

"擦擦。"许原野说。

一碗面吃完，许原野坐在地毯上，看着于星衍，一如往常地进入了人生导师的角色。

"有什么不开心的，和我说。"他说。

于星衍的手指慢慢攥紧了。

说什么呢？

家里的那些事都是老生常谈了，他就算说上千百遍也改变不了什么，更何况，于星衍觉得，自己已经能够消化这些情绪了。可能人越大就越独立，他如今已经不再渴望家庭温暖了。

于星衍看着坐在自己面前的许原野，眼神里有一点悲伤，又有一点无奈。

"没什么……"

许原野没有料到于星衍的回答，那张平日里波澜不惊的脸上出现了些许怔愣的神色。

他说："我是不是很差劲啊？原野哥。"

于星衍的视线聚焦在许原野的脸上，那悲伤和无奈愈发地浓烈了起来。

于星衍好像是在对许原野诉说，又好像是在自言自语。

于星衍的自嘲轻而浅，他说："原野哥，这一次，你帮不了我。"

许原野有些忘记自己在离开之前和于星衍说了些什么，他回到房间，把门掩上，脑海中还残存着于星衍看他的样子，那双记忆里澄澈的眼睛染上了悲伤和无奈的色彩，让他的心口像被针扎过一样刺痛。

许原野已经很久没有因为某一个人而怀疑自己了，但是在于星衍注视着他的时候，许原野非常认真地怀疑起了自己，是不是他太过于自信了，才会觉得，于星衍话里有话。

许原野无法欺骗自己。

他在于星衍的身上感受到了，向外扩散的，小心翼翼地试探着他的气息。

窗外树影摇动，空调机箱嗡嗡作响。

许原野现在觉得无比为难。钢笔在手中打着转，他原本只觉得照顾小孩是个举手之劳，自己也不想和这个小小的人有什么过多的羁绊，或许未来，这个叫着自己"原野哥"的小孩早就忘了自己的存在。

如果现在他搬离嘉城新苑，未免做得太过绝情，对于于星衍来说，是一个伤害。更何况，于星衍今天疲惫的样子着实让人担忧，许原野无法想象，自己走了以后，于星衍一个人在这间空荡荡的房子里会变成什么样。

　　于星衍爱熬夜，到时候肯定不会按时吃饭，说不定在浴室睡着了都没有人发现……

　　只是稍微设想了一下，许原野便打消了搬离嘉城新苑的念头。

　　许原野想，要不然找于星衍聊一聊……

　　他眼神晦暗，大拇指扣住钢笔帽，下一秒就否定了这个想法。

　　不行。

　　于星衍为的不过就是告诉他，自己已经长大了。

　　确实，他已经十八岁了，是一个成年人，可以为自己的行为负责任了。许原野知道，于星衍现在已经不能用"小孩子"三个字来形容，虽然对于他来说，于星衍尚且是稚嫩的雏鹰，但是于星衍本人却可能觉得，自己已经能够翱翔。

　　他要怎么样和于星衍聊天，于星衍才能在不被他伤及自尊心的前提下，明白他的担忧？

　　许原野担心的实在是太多了，他头一次觉得自己是如此举步维艰。

　　这个夜晚焦灼而漫长，坐在书桌前，笔记本的纸页摊开，许原野心里的想法瞬息万变。

许原野看着黑漆漆的房间，心头滋味难言。

他闭上双眼，眼前浮现出第一次见到于星衍的时候，打开门，站在门口的小男生清秀漂亮，皮肤白皙，身上还带着骄纵的少爷气，看着他，杏眼瞪得圆溜溜的。

后来，在歌手大赛的时候，他坐在台下听他唱歌，男孩身上的气质干净透明，被追光灯打着，耀眼却不张扬。

他们相处的情景在他脑海中一一浮现。

许原野发现，原来合住的这两年多里，看似是他引导着于星衍成长，看似是他掌握了主动权，可其实在不知不觉间，他也退让了很多，把那些从未向别人开放的私人领域为这个少年打开了。

他好像不知不觉间也改变了些什么。

第二天，许原野起得很早，打算做一顿丰盛的早餐。

谁知道，他打开房门走出去，于星衍已经站在客厅里了。

许原野的脚步顿住，眉头蹙起，看见于星衍身旁的大行李箱，心头乱了一下，手指猝然捏紧了。

"你这是要去哪？"说出口的话不自觉便有些凶。

拎着行李箱的于星衍脚步不停，继续往门口走去，穿着校服的身板挺拔消瘦，走到玄关处，才回过了头。

男生的头发有些乱，眼睛好像也肿了，看起来像是昨晚哭过的样子。

他开口朝许原野说道："原野哥，我申请了住宿，今天开始……我就回学校住了。"

吃过早餐，于星衍拖着箱子走了。

许原野站在客厅里环视了一圈，倒是没觉得有什么太大变化。摆在茶几上的游戏手柄依然放在那里没有动，水果盘里还放着许多于星衍爱吃的小零食，哪一处都充斥着他生活过后的气息。

于星衍最近做事情好像也带了点雷厉风行的意味，提前申请住宿这件事，一点口风都没有和许原野透露。

许原野昨晚思考了许久如何应对于星衍，结果没想到第二天一早人家直接拉着行李箱走了，连反应的时间都没留给他。

许原野有些哭笑不得，都不知道该说些什么好。

于星衍走后，许原野把屋子打扫了一遍，走过于星衍房间的时候，发现他的房门开着，里面被收拾得十分干净整洁，桌面上还堆着一些用不到的学习资料，鬼使神差地，许原野在门口站了片刻以后，走了进去。

于星衍的房间里没有开空调，热意扑面而来，许原野看了眼他的书桌，毫不意外地在书架上看到了一排自己的书，按照先后顺序整整齐齐地排成一列。

从《扶山》到《陨星》，一册不缺。

许原野心头不知为何柔软了一瞬，看着那些书，他想起了于星衍知道自己就是在野的时候气得跑掉的反应，和现在对比，那时候的于星衍真的是单纯又无所顾忌。

许原野没有在于星衍的房间停留太久，就出去了。

许原野过了几天一个人吃饭一个人住的生活。

时间拉成单调的一块又一块，早晨、中午、下午……夜晚来临。每一天都是重复的，许原野除了买菜扔垃圾，甚至没有下过楼。

这对于大学时候的他来说，是再正常不过的生活了，没有课的时候，许原野经常待在出租屋里好几天不出门。

但是这几天，许原野却觉得，生活变得暗淡失色了些许。

好几次他做早餐的时候，下意识地多做了一个人的分量，把饭碗端上桌子，才意识到于星衍已经回学校住了。

不得不说，习惯是很可怕的东西，它平时不声不响，到了突然变化的时候，就会跳出来彰显存在感——许原野发现自己的习惯里已经有了于星衍的存在，如今于星衍离开，他居然产生了烦躁的情绪。

这种烦躁的情绪在得知于星衍周末也在学校留宿的时候到达了顶峰。

许原野看着微信聊天界面上于星衍给他发的消息，眉头紧紧地蹙起了。

简单的一句话，通知他周末不回来了，除此之外再无其他。

他们的聊天记录看起来公式冷漠，好像确实只是路人一般。

许原野忍不住想，如果说于星衍住宿可以说是为了更方便学习，那么周末也留宿不回来是什么意思？

许原野有些难以抑制自己内心的怒气，之前还觉得于星衍长大了不少，现在看来，其他的不说。惹麻烦任性的本事确实是长进了。

许原野周六下午一个人在嘉城新苑的房子里坐着，越坐越觉得心中郁郁。

刚好发小李颐打电话过来说在 NULL 有饭局，许原野难得爽快，二话不说挂了电话就过去了。

主要是再待在嘉城新苑，一个人面对着空荡荡的屋子，许原野都不知道自己会被于星衍这个小没良心的白眼狼气成什么样。

说走就走，还那么干脆，好像自己活该给他当了两年多保姆一样。

NULL 餐厅里人头攒动。

许原野今天穿了一件普通的灰色磨毛短袖，搭配牛仔裤，看起来休闲帅气。

灯红酒绿，声音嘈杂的环境里，李颐、大肥几个人和许原野有一搭没一搭地喝酒聊着天。

按理来说，许原野自己主动参加李颐组的局，本不该摆出一张臭脸，可惜这几天于星衍对他不冷不热，甚至嘉城新苑都懒得回了，许原野心中只剩下不爽。

李颐看另外两个朋友被许原野冷到掉冰碴子的气场吓得不敢说话，小声在许原野耳边说道："野哥，心情不好啊？"

许原野冷笑了一声，从后槽牙挤出来一句，"被小兔崽子算计了，心情能好吗？"

于星衍这个小兔崽子，真的是长大了胆子肥了，连他都算计。

偏偏他还不能把他怎么样。

李颐眨了眨眼，内心"哇哦"了一声，谁还能有这样的本事，算计许原野？

这就有趣了呀。

李颐眼里八卦的光芒乍起，他搭上许原野的肩膀，问道："野哥，有啥好事啊？"

许原野冷冷瞥他一眼，"别瞎想！给我把你的脑洞合上！"

李颐一边在大脑里飞快地思索着，一边举手投降，表示自己闭嘴。

他们的座位在比较僻静的一侧，主要是李颐害怕许原野觉得吵闹。

许原野喝酒的动作不停，他拿着酒杯，眼神扫过台下的座位，视线冷而淡。他心里那团燥意越来越热，感觉要烧起来了。但面上却摆出一副冷漠的样子，坐在那，十足十就是个阎王。

又是一口烈酒入肠，许原野很认真地思考，要不然他也干脆搬回九湖湾的别墅去算了，事情都这样了，他再掺和下去，难免生出变数。

但是转念一想，于星衍是小孩子，能任性地逃避，他都这么大的人了，也像于星衍一样拍拍屁股走人，好像也太丢人了一些。

怎么想都不是个滋味。

许原野把玩着手中的玻璃杯，视线突然凝聚到一点。

NULL 的座位越靠近舞台中心越贵，从许原野这边往下走，在离舞台不近不远的地方，有一群穿着打扮像是学生样子的小孩坐在那玩。

整个座位呈半弧形，许原野能清楚地看见，坐在最外围的人的正脸。

仅仅是一瞥，他就敢肯定，那是于星衍。

许原野抓着杯子的手突然攥紧了，喉头滚动，定睛看向那边。

说是留在学校学习的于星衍坐在沙发上，正在低着头玩手机，穿着一件许原野很熟悉的白色短袖，一条水洗破洞牛仔裤，跷着脚，看起来也有几分不羁的样子。

那张精致漂亮的脸蛋被于星衍身上高冷酷帅的气场模糊了几分，旁人看来，只觉得这个男孩长得好看，却不会觉得他女气或者柔弱。

于星衍看起来慵懒而放松，短袖领口扯开一点，肩宽腿长，哪里都是恰到好处的少年帅气。

许原野自己都不知道自己什么时候站起来，又是什么时候走过去的。

音乐声震耳欲聋，地上堆积着金色的彩带屑，空气里飘浮着烟酒混杂的浑浊气息。

许原野走到于星衍的旁边，先是用手按住了他的头，然后在不知道多少双又惊又好奇的眼睛的注视下，盯着于星衍的双眼。

男人的脸色黑得好像锅底，几乎可以滴出墨汁来。

他冷冷地说道："于星衍。"

嘉城六中漂移板社热热闹闹的团建活动在许原野突然出现以后变得尴尬起来。坐在沙发上的小孩们你看我我看你，都呆呆的不知道要说些什么。

站在于星衍旁边的男人气场很强，肩宽腿长，身量极好，长得也英俊，大家不敢直接看，偷偷瞄着。

于星衍被许原野的手按住了头，动作停在了半路，坐在他旁边的女生也是第一次出来玩，没遇到过这种阵仗，已经缩到了自己的朋友身边。

被许原野制止的于星衍乖顺地坐着，纤长的睫毛垂下，不声不响，一句话都没说。

许原野也没理其他人，低头对于星衍说道："和我出来。"

于星衍站起来，朝王小川和叶铮摇了摇头，跟着许原野往外走去。

许原野走得极快，于星衍被过路的人撞了好几下，这才跟了上去。

许原野径直走出了 NULL 的大门，夜风温热，吹拂过面庞，不仅没能消减许原野心中的火气，反而有助燃的趋势。

NULL 里空调开得很低，于星衍感觉皮肤上未褪的凉意和外面湿热的空气粘连在了一起，有些说不出的难受。他的手插在裤兜里，在许原野看不见的地方，手指蜷缩，指甲掐在掌心。

于星衍心里紧张得很，擂鼓般的心跳咚咚作响，但是他表面却装得很镇定，反而是平时总是淡定自若的许原野，肉眼可见的暴躁。

许原野站在路边，从兜里拿出了打火机和烟，看了眼低头站在他旁边的于星衍，动作一顿，又收了回去。

男人眉眼挂着怒意，声音也冷，"说说看，怎么会出现在这里？不是和我说留在学校学习吗？"

于星衍早就为此刻打过千百遍腹稿，他声音丝毫不颤地解释道："今天晚上社团活动，我是社长。"

许原野被他这不咸不淡的态度气乐了，问道："你们一个高中生社团，社团活动还办到校外了？谁带的这种风气？"

于星衍迎着许原野暴风雨般砸下的质问，固执地辩驳道："上一届社长。"

远在北城的许原景此刻无辜地打了个喷嚏。

许原野挑了挑眉，在心里记了许原景这小子一次，他看着愈发嚣张的于星衍，严肃道："你们现在还小，知道吗？你是社长，更应该带好头，如果有学弟学妹在这出了事情怎么办？你能为他们负责吗？"

听见许原野严厉的声音，于星衍却半点都不觉得恐惧，他抬起头，目光直视着许原野，"可是原野哥，我很累，只是想来放松一下……"他拉长了调子，有些可怜巴巴地说。

没有想到于星衍还能把话顶回去，许原野眉头蹙紧，仔细地看了看站在他面前的于星衍。

因为皮肤的白皙，那双杏仁眼下的黑眼圈便显得更加可怖，也不知道多久没有好好睡觉了，确实看起来精神很疲惫的样子。

他有心想要训话，但是看到于星衍这个样子，到嘴边的话又有些训不出来了。

怒气就像决了堤的洪水，哗啦啦泄得无影无踪。

许原野也不知道自己是做了什么才惹上这么一个说不得骂不得的麻烦精，他深呼吸了一口气，语气温和了一些。

"就算是想放松，也有很多种办法。"

于星衍听到男人的话，好像有些不安的样子，手指揪在了一起。

他有些犹豫，看了看许原野，又垂下了眼，好像有话要说，又不敢说出口。

许原野叹了口气，道："想说什么？"

于星衍揪着的手分开了，他再次看向许原野，那双眼眸里光泽湿润，在夜色下显得粼粼动人，"原野哥，我害怕。"

他的声音轻而颤，仿佛把心里的不安和委屈不小心泄露了几分。

许原野被他这一声喊得心头一紧。

男人喉头滚动，低下头，认真地看着于星衍，问道："害怕什么？"

于星衍往后轻轻退了一步。

男生的脸上终于出现了表情，和刚刚装出来的平静不同，此刻的于星衍好像又变回平时面对着许原野的那个小朋友了。

迷惘两分，痛苦三分，还有……五分的害怕。

于星衍说话的时候，也很认真地看着许原野。

他说："我害怕，你不会再陪我一起喝酒了……"

于星衍清楚地看见，许原野的眼睛里，出现了他以前从未看见过的挣扎。

那一秒，他的心里有点说不出的难受和郁郁。

他描摹了无数次的场景，想了千万种的可能，为的只是把自己心里的痛苦和恐惧剖出来，摊在许原野的面前，让他看见，让他因为他的痛苦而产生犹豫和怜惜，这有什么好值得高兴的呢？

他用尽了百分之两百的力气，为的只是换来他的心软而已。

许原野的声音彻底软了下来，他无奈地说道："你不问我，怎么知道我不会陪你？"

于星衍在之前那么多天都没有觉得难过，和不熟悉的同学住在同一间宿舍里，每一天都死命地学习，这些都没让他难过。

但是听见许原野安慰他的声音，铺天盖地的委屈和难过便朝他涌来，好像此刻终于有了放松的理由，有了变成一个小孩的理由。

可是他不可以。

他扭过头，对许原野笑了笑，"原野哥，我不可能什么事情都依赖你的。"他的语气虽然颤抖，但是坚定，"总有一天，我要学会自己喝酒，自己熬过难受的时候。"

许原野看着在面前强撑着面皮，实则身子都开始发抖的于星衍，心里突然一阵酸疼。

于星衍的笑容勉强又难看，但是他却还是这样笑了出来，"原野哥，我同学还在等我，我先回去了。"

许原野一句话没能说出口，眼睁睁地看着于星衍转身往NULL 里面走去了。

男生的身形在不声不响间有了大人的样子，背挺得很直，脊梁仿佛已经能够撑起一片风雨。

许原野沉默地站在夜里，像一座守望着月亮的雕塑。

烟头的橙红色光芒在他指尖亮起，又熄灭。

4

于星衍发现许原野生病了，是在好几天以后回去拿一份落在嘉城新苑的学习资料的时候。

他是在晚饭时分回去的，按理来说那个时候许原野应该坐在客厅吃饭，但是他推门进去，客厅只开了一盏廊灯，一室昏暗。

他把书包放下，走回房间翻到了资料，踌躇了一下，又去敲了敲许原野的门。

"原野哥，你在吗？"他还记得上次和许原野的不欢而散，说话的声音放得很轻。

屋内并没有人回答，门是虚掩的，在他的动作之下打开了一点。于星衍可以看见里面没有开灯，一团漆黑，好像没有人在房间里的样子。

于星衍正准备转身离开的时候，听见房间里面传来了轻微的咳嗽声。

"于星衍？"

男人的声音很沙哑，听起来就像砂纸在摩擦一般，和平日里完全不同。于星衍被许原野的声音吓了一跳，脚步顿住，回头往房间里望去。

床头灯被许原野按亮了，橘黄色的灯光照亮了床头那一小块，于星衍看见男人半躺在床上，身形有些模糊。

"你怎么回来了？"许原野撑着眼皮，看着站在门口探了一个脑袋出来的于星衍，喉间犯痒。他许久不生病，一病就势头汹涌，烧退了又反复，嗓子都被咳坏了。

许原野的声音听起来实在是太反常了，于星衍没有回答许原野的问题，有些紧张地问道："原野哥，你生病了？"

他把房门又打开了一点，往里面走了几步，内心犹豫了一下，终究还是没等许原野回答，就走到了男人的床边。

于星衍和许原野一起住这两年多，很少来他的房间。

许原野除了写作的时候也不喜欢在房间里待着，不是在书房看书就是在客厅里，于星衍对他房间的摆设只有一个大概的印象。

于星衍站在许原野的床边，有些清苦的药味便传到了他的鼻子里。

柔和的灯光照亮了许原野的脸庞。男人在病中显得有些憔悴，眼下一圈青黑，不知几日没有好好照顾自己，胡茬也冒了出来。

许原野看他走过来，忍不住又是干咳了几声，"你快回学校吧，别被我传染了。"

于星衍看着这样子的许原野，心里的愧疚仿佛烧开了的沸水一般不停冒着泡。

之前他但凡有什么事情，许原野都能照顾他，无论是生病也好，心情差也好……甚至任性地让人家大过年来接自己，可是这一次，他却堵着那口气不肯回嘉城新苑，连许原野病成这样都不知道。

如果他不走的话，许原野是不是就不会生病了？

听到许原野要他走的话，于星衍摇了摇头，咬住嘴唇。

他看着两颊泛红的许原野，紧张道："原野哥，我去给你拿温度计！"

许原野听出于星衍声音里的愧疚，有些无奈，又有些好笑。

许原野不是小孩，以前在北城读书的时候生病了也是自己照顾自己，根本没打算麻烦到于星衍身上。

他指了指床头柜上的小盘子，语气轻缓，"在这呢。"

房子里是有药箱的，许原野也有定期更换药品，所以这次生病他倒没有吃不上药的情况。

于星衍看着许原野自己把温度计放入衣服里，然后把早就按量分好的药片就水吃下，他站在一旁，感觉自己什么忙都帮不上，像个废物一样。

他想到现在是饭点，又急匆匆问道："原野哥，你还没吃饭吧？我给你买粥去！"

嘉城新苑楼下就有一家很好吃的粥铺，于星衍倒是没有说什么给许原野做饭吃的话，他有自知之明，等他做出来，估计许原野都饿昏了。

许原野正想说自己是吃了才睡的，还不饿，就看见于星衍风风火火地冲了出去，叫都叫不住。

许原野靠着床头沉默了良久，不知道是不是药起了作用，他又开始有些犯困，手机闹铃响起，十分钟的计时到了，许原野抽出温度计，就着床头灯看了看，还有些低烧。

生病总归是难受的。许原野把温度计放回床头的小盘子上，顺着床头的靠枕滑下。

嘉城的天气还在燥热的时候，热风吹多了也容易生病，特别是室内空调开得特别低的时候。许原野现在不敢开那么低的空调了，房间里的温度调得有些高，人一旦动起来就容易热得难受。

许原野掀了掀被角，身上仿佛有小蚂蚁在不停地爬，到处都痒得很。他揉了揉酸痛的太阳穴，重新坐了起来，打算去洗个澡。

好在小说已经完结了，许原野最近也没有什么要忙的事情，可以无所顾虑地躺在床上休息。

许原野冲了个澡，感觉身上好受了许多，他踏着蒸腾的雾气从主卧的浴室走出来，听见客厅传来了响动，应该是于星衍回来了。

果不其然，他打开房门，客厅的灯亮着，于星衍脸上冒着细小的汗珠，正站在餐桌前盛粥。

男生微微弓着腰，把塑料碗里的粥往瓷碗里倒，动作小心翼翼，神情也很专注。

许原野倚着门框，看着这一幕，没有出声。

许原野的大脑里一直都混沌得难受，洗了个澡这才清明了一些。于星衍的样子落在他眼里，居然让他瞧出了温馨的滋味。

明明生病已经有两三日了，于星衍并没有在他病得最厉害的时候照顾他，但是许原野的心里却泛起了一圈又一圈的涟漪。被人照顾的感觉原来是这样的。

就算照顾人的那位，动作并不娴熟，甚至有些笨拙，但是那份关心和着急却让他觉得熨帖。

于星衍把粥盛好，像是完成了什么艰巨的工程似的，嘴角抿出了一个开心的笑，他抬起头，目光投向许原野的房间，正好和男人注视着他的视线撞上。

于星衍的目光里包含着毫不掩饰的担心和关切，与他的视线撞上，怔愣了一秒，又焦急了起来。

"原野哥，你怎么起来了？体温多少，还在烧吗？"

男生连珠炮一样的询问说出口，许原野迎着他的目光走了过去，拉开餐桌旁的椅子坐下。

"低烧而已，睡一晚应该就好了。"

于星衍给许原野买的是最清淡的青菜粥，熬得又软又烂，香味扑鼻。

许原野睡之前也没吃多少东西，此刻居然被勾起了馋意。他拿起勺子，尝了两口，温度和味道都刚刚好。

于星衍站在他旁边，有些紧张地问："怎么样，还能吃吧？"

许原野对他笑了笑，宽慰道："别紧张了，你也吃饭吧。"

于星衍挠了挠脖子，身上的汗黏在皮肤上，很难受。他是从学校吃了饭回来的，本来还要去上晚自习，但是看见许原野生病，他就和老师请假了。

"原野哥，我在学校吃过了，你吃吧，我先去洗个澡。"

说完，他便起身往自己的房间走去，走到一半，又转过头对许原野叮嘱道："碗放在那里我来洗！原野哥你吃完就去休息吧！"

许原野的笑容是自己都没有发觉的开心，挂在他的唇边，久久未褪。

他吃得很慢，一口一口，居然也把一碗粥喝完了。

客厅里的空调温度被于星衍调的和他房间的一样高，在这样炎热的天气里，只能算是杯水车薪，聊胜于无。

许原野洗过澡，吃得又合他心意，倒不觉得那么难受了。他懒散地躺在沙发上，没有着急回房间。

于星衍今天也没有兴趣泡澡，冲了个凉便出来了。

男人躺在沙发上，胡茬已经刮掉了，看起来精神了一些。但是身上病气犹在，像是没骨头一样慵懒无力，但是看着他的眼神却亮极了。

于星衍觉得自己好像要被看穿了，在许原野的面前，从头到脚，每一处，都无所遁形。

这个男人明明生着病，可是于星衍却感觉，此刻的许原野比之前更加不好招惹。

许原野见到他出来，慢悠悠地从沙发上坐了起来，路过他，回到自己的房间。

许原野没有强撑，回房间便躺在床上开始睡觉。

于星衍把碗筷收拾好，蹑手蹑脚地打开了许原野房间的门。

许原野困意上涌，挣扎着撩起眼皮，声音轻得像羽毛，"于星衍，干什么？"

于星衍举起手中的卷子和笔，走到他的书桌旁坐下，把台灯开到最小。

"原野哥，你睡，我守着你。"

许原野意识模糊地想，没想到他小时候生病都没人守着，长这么大了，倒有人守着他了。

困意铺天盖地地袭来，许原野吃饱洗过澡以后舒适又安然，加上有于星衍在旁边，很快就睡着了。

于星衍一边刷着题，一边分神去听床上的动静。

过了不知道多久，床那边传来了被子掉下床的窸窣声音。

他停住写字的动作，轻轻地走过去，发现许原野把被子蹬掉了。

都说生病的人年龄也会变小，许原野这样的人在生病的时候也会蹬被子。

于星衍捡起地上的被角拍了拍，重新给许原野盖上。

似乎是觉得安心，许原野很快沉睡了过去。

第二天，于星衍一如既往地早起回学校上学，走的时候许原野还没醒。

许原野醒来的时候天光已经大亮了，他难得的睡了这么长的一觉，后半夜睡得很死，梦都没有做一个。

许原野洗漱过后量了体温，烧已经退了，虽然咳嗽还没好，但是已经不像之前那么难受。

许原野看着这空荡荡的房子，给于星衍发了一条微信。

X-Y：周末回来住吧。

嘉城六中。

周测成绩发下来，高三（1）班的同学已经对每周更新的成绩麻木了，大家看完自己的成绩条以后三三两两地去班门口的布告栏看全班排名，这次拿了第一的还是于星衍，分数依旧甩了第二名一大截。

王小川这次也进步了一些，看到成绩以后直拍胸口，显然是被周测这种残暴的学习方式虐得不轻。

于星衍下了课都没有去看全班排名，拿出手机一看，被许原野发的消息晃了眼。

叶铮看见于星衍突然傻乐起来，起了一身鸡皮疙瘩。

"衍哥，你怎么了？"他抱着手臂挪到一边，"笑得也太夸张了吧……"

于星衍心情很好地把手机放回课桌肚里，不置一词。

又是一天繁忙劳累的学习，于星衍像往常一样奔走在各个老师的课后小班之间。

晚自习前，班长抱了一沓纸进班，发给每组第一排的人传下去。

看见纸上的内容，窸窸窣窣的讨论声便在 1 班响起了。

"高考志愿表？这就是老师说的那个要统计挂出来的表吗？"

"要填三个学校呢，你敢不敢把北城大学和华国大学填上去，嘿嘿……"

表很快就被传到了于星衍这桌。

叶铮拿过志愿表，上面的表格有横竖各三栏，名字、想去的学校、预计的分数。

上次班主任好像提过一次，这个表会被统计出来写在后面的黑板报上，方便和周考成绩进行对比，让同学们实时更新自己梦想学校和现在分数的差距。

叶铮拿着这张表，不免发出了一声长叹。

"真的是杀人诛心啊……我都不知道填什么学校比较好。"

孤独城

Stars and Fields

不是每一个人都有明确的目标的，他的意愿偏向于留在南川上大学，可是叶家父母希望他去北城或者去海城，总之，叶铮如今还很犹豫。

他看了眼正在刷题的于星衍，支着下巴问道："衍哥呢？没什么悬念吧，不是北城大学就是华大吧。"

于星衍写字的手顿了顿。

他看了眼那张表格，不知道在想些什么，把表塞进了自己的桌肚里。

"再说吧。"

叶铮听到他的话，瞪圆了双眼，"再说啥呀？难道还有比这俩更好的选择吗？你的成绩要是不以这两所学校为目标，我看老陈能气得跳南川江！"

于星衍今天的好心情在这一刻消弭得无影无踪。

他垂下眼眸，轻声道："南川大学也很好。"

叶铮"噌"地一下站了起来。

他不敢置信地看着于星衍，发现自己被全班同学注视以后，又压抑着心里的惊骇坐下了。

叶铮吞了口口水，凑到于星衍身边，小声问道："衍哥，不是吧，你认真的？"

于星衍抬起头，看着他，眸子里全是化不开的执着。

"我难道就不可以留在南川吗？"

他的手攥着水笔，笔头已经把试卷薄薄的纸页戳出了一个小洞。

叶铮看着这样的于星衍，突然一句话都说不出来。

他想，原来他和王小川想得还太简单了。于星衍不仅是受刺激了，还有疯掉的倾向。

很多年以后，于星衍再回想起自己高考前夕的那段日子，发现自己确实如同叶铮和王小川对他的评价那般"疯"。

这种疯一开始并不显眼，被于星衍藏在心里，但是随着高考的临近，愈发明显。

那张志愿意向表，他递上去的时候，上面空白一片，一个字都没有写。这也导致班主任找他开了一个星期的会，思想工作做了又做。于星衍一开始还不愿意松口，后面他实在是不耐烦了，答应老师会以最好的学校作为目标，这才逃出生天。

也许是少年的叛逆心理压抑久了，心中有一股无名的火，于星衍在后面的日子里变得沉默寡言，脸上也没什么笑容。

这个时候，他并不知道老师给许原野打了电话。

许原野在老师那边只不过是个挂名表哥的身份，也是他把老师逼急了，才会想到打电话给"表哥"求助，让亲人为于星衍做思想工作。

许原野接到老师的电话，听着老师在电话的另一头苦口婆心地让他好好劝于星衍，他才明白，原来自己在于星衍心中已经这么重要了，甚至影响了他的未来。

他好像能够明白于星衍在想什么，所以没有选择给于星衍火上浇油，就当作不知道的样子，让日子继续平淡枯燥地过下去。

于星衍在这样埋头学习的日子的打磨下，就像一把刀刃越来越锋利的刀，那逼人的寒光几乎无法遮掩，就算他努力想把自己藏在刀鞘里，身边的人还是察觉到了他的不安和躁动。

于星衍的成绩依旧稳稳坐在年级第一的位置上，考试的时候也很平静。老师们可能还为此感到疑惑，王小川和叶铮却知道，于星衍紧张的并不是考试，而是另一件事，一件在于星衍心中，可能比高考还要重要的事情。

5

时间很快就走到了第二年的六月。

嘉城的雨季到了，连日的暴雨砸在这片土地上，到处都是泥泞一片，大大小小的水洼里泛着一圈又一圈涟漪。从高三教学楼的走廊看出去，可以看见顺着体育馆前的雨棚往下倾泻的雨水，就像一道白色的瀑布。

马上就要高考了，嘉城六中作为考点，高一高二的学生已经放假回家，偌大的校园里只剩下高三的学生和老师们，显得有些冷清。

一直下个不停的暴雨把距离嘉城六中不远的一所地势低矮的幼儿园给淹了，于星衍路过的时候看见里面变成了游泳池，一些塑料玩具浮在水面上，滑稽又好笑。

因为下雨，许原野也叫他不要再回嘉城新苑，就在学校宿舍里住着，以免淋雨感冒。

于星衍心里倒是格外放松。可能是因为他等这一天已经等得太久了，所以一想到要考试了，他心里只有一个念头，那就是快一点吧。

如同于星衍预想的一样，为时两日的高考与以往的模拟考试并没有什么太大不同，他做试卷的时候几乎是麻木机械的，根本没有时间胡思乱想。

语文作文考的题目是关于时间的，于星衍的论点是"珍惜现在，脚踏实地"，他在里面引用了加缪的一句话——对于未来的真正慷慨，是把一切都奉献给现在。

交卷的时候，他想，未来是一个多么具有诱惑的词语啊，他无数次在梦里幻想过未来的模样，就算加缪说要把一切都奉献给现在，他却还是忍不住去向往未来。

两天的考试结束，暴雨却还未停。

交卷的铃声响起，于星衍已经把东西都收拾好了，他坐在座位上，等着老师把他面前的卷子收走。

他转头看了一眼窗外，细线般的雨划过天幕，一切都那样暗沉模糊，没有亮色，仿佛是末日前的大地。

考场里的氛围凝滞到了极点，所有人都屏住呼吸，等待着监考老师说出那句"考试结束"。

可是真的结束的时候，大家脸上的表情却是恍惚的。

就这样结束了？

三年的高中时光，无数个埋头苦读的日夜，在这样平常的两天的考试后，就这样画上了句号？

大家你簇拥着我，我簇拥着你，从教学楼走了出来，老师们等在楼下，看见自己班的学生便迎上去拥抱。

于星衍走在叶铮和王小川身旁，穿过长长的走廊。

他心头有一座千斤重的山挪开了，呼吸都好似轻快了一些，但是他还是习惯性地收敛着、忍耐着。

王小川和叶铮神色都还可以，和于星衍嘻嘻哈哈地聊着考试的情况，想来考得应该都挺不错的。

身旁已经有不少人在上网对答案了，欢喜有之，崩溃也有之。

于星衍提着行李箱走出六中的校园，他撑着伞，回头看了一眼这座笼罩在雨幕里的高中。

校门口，一辆又一辆私家车把道路堵得水泄不通，就算是大雨也无法阻止家长们来接小孩的步伐，一些新闻记者也还在岗位上，在人群里找到一个又一个学生采访。

于星衍一眼就看见了周叶。

周叶是来接他去吃饭的，于豪强早早就在饭店里定下了宴厅，就等着祝贺于星衍高考结束——他心里可能早已经认定于星衍不是去北城大学就是去华大，不像其他家长还要等到成绩放榜，在于星衍刚考完试就忍不住要带他出去涨面子了。

于星衍其实有些累。

这种累不是来自身体上的，而是来自心理上的。

那些被压抑的疲惫和困倦慢慢冒出了头，在周叶的车上，于星衍便混沌地睡了过去。

水晶吊灯璀璨潋滟的宴会厅里，于豪强穿着一身西装，和他的好友们谈笑风生。

于星衍像个牵线木偶一般站在他的旁边，脸上的笑容寡淡又僵硬，应付着来自各个陌生的叔叔伯伯的询问和关怀。

考得怎么样啊?

——还可以。

有信心上南川大学吗?

——有。

于星衍的脑袋疼得厉害。可是他却不敢像以前一样任性地离开这到处都是虚假面孔的地方,甚至强迫自己去融入其中。

他内心的野望像春日的野草,早就长成了蓬勃之势。他知道,于豪强办这些宴会,是在带他认识人,为他铺路。如果他清高一点、自傲一点,就该撇开这些,拍着胸脯告诉于豪强,他自己也能做到,不需要他。

但是那太慢了。

于星衍想得很好,留在南川上大学,便可以尽早接过于豪强手中的一些人脉和业务,或许等他大学毕业的时候,就已经能够做到不错的位置了。他肯吃苦,也不怕别人嘲笑他是关系户,他只想要快一点掌握话语权,真正地长大。

一场宴会结束,于豪强满意地看着自己的大儿子,只觉得怎么看都顺眼。既不叛逆,也没有小孩别扭的自尊心,谈论生意的时候,站在身边时不时还能说出自己的见解来。

如果说以前他只是知道于星衍成绩不错,现在却是真的上了心想要快点把于星衍培养出来了。

临走之前，于豪强本来想带着于星衍回南山花园，于星衍却拒绝了他，说是还要去嘉城新苑整理东西。

于豪强对于星衍现在是百分百的喜欢，自然无所不应，让周叶送他回去。

于豪强走后，于星衍却让周叶先走。

周叶被于星衍搞得丈二和尚摸不着头脑，但是毕竟于星衍是成年人了，就算想去玩也不是什么大事，在于星衍的坚持下，周叶也只好开车走人。

于星衍站在酒店门口，此刻雨势渐小，但时不时就有车从路边经过，溅起的泥水蹭到他的校裤裤管上，濡湿了一片。

空气又湿又闷，于星衍做了一个深呼吸，被饱满的水汽弄得愈发难受了。

他应该回到酒店大堂去，可是他没有。

于星衍站在门口，看着人来人往，车走车停。

不知道过了多久，载着许原野的出租车停在了酒店门口。

男人从车上下来，撑开一把黑色的大伞。雨点溅在伞面上，跳了开来。

他朝许原野挥了挥手，下意识想要去提行李箱，才想起来行李箱已经被带回南山花园了。

背包里空荡荡的，只有一个文具盒和他的准考证。

许原野没有什么要帮他拿的，便把伞笼在了他的头上，道："走吧。"

许原野和于星衍一起坐在出租车的后座。此刻嘉城的天已经黑透了，华灯连绵，在雨幕下模糊成一圈光点，无数楼宇在车窗外后退。

于星衍小声说："原野哥，我好累。"

许原野垂下眸，和他的目光撞上。那双狭长凛冽的眸子里一片平静，看不出来在想些什么。

许原野对他说："累就睡一会儿，还没有这么快到。"

司机安静地开着车，听到于星衍的话，很体贴地把车载音响的声音调小了。

于星衍靠着后座，阖上眼，模模糊糊居然也有了一点困意。

他靠在许原野宽阔厚实的肩膀上，竟然真的睡了过去。

车停在嘉城新苑的时候，许原野叫醒了于星衍。

于星衍被叫醒的时候还有些蒙，似乎是没有反应过来自己在哪里，揉着眼睛发呆的样子落在许原野眼里，倒是有几分刚认识于星衍时对他的感觉，那样懵懂单纯，那样干净。

但是很快，于星衍就清醒了过来，身上的气质也微妙地切换了。

他对着许原野，露出了一个笑容。

这是一个有些狡黠的，有些讨好的笑容，但是于星衍做出来，许原野却一点都不觉得反感。

两个人并肩走去，路过小区那条长长的斜坡的时候，许原野眼里浮现出一丝怀念。

"还记得刚认识你的时候，撞到你在这里练漂移板，那时候你指不定在心里怎么编排我呢。"

于星衍听到他的话，脑海中也浮现出那天的场景。

他偷偷抿了抿嘴角，也想起那天灿烂瑰丽的夕阳。

从小区门口走到楼下这段路并不算长，但是却承载了太多的回忆。

他有好多话想要和许原野说。

许原野和他坐上电梯，到了五楼。

他们回到屋子里，把大黑伞放在阳台撑开，两人各自去洗澡。

于星衍慢一些，等他出来的时候，许原野已经在客厅沙发上坐着了。

男人换了一件丝质的黑色睡袍，手里放着一本书，但好像没有在看，不知道在想着些什么。

于星衍走过去，对他笑，"原野哥，我终于高考完了。"

许原野抬起头，看着他，温和地说："恭喜你，马上就要迈入人生中的新阶段了。"

于星衍心中一动，手指绞了绞衣服，又说道："我能不能和你，一起喝酒？上次你说，想喝酒的时候，可以来找你的……"

许原野很爽快地答应了。

他从冰箱里拿出酒和饮料，帮于星衍也调了一杯。

于星衍把杯子放到嘴边喝了一口，真心诚意地说："原野哥手艺真好。"

两个人走去了阳台。阳台有一个小圆桌，摆了两把凳子，桌面上只有一个烟灰缸，偶尔许原野会在这里看看风景，抽抽烟。

两个人有一搭没一搭地聊着天，于星衍就像自己渴望的那样，把这几年藏在心里的一些事情借着酒意一点点地讲出来。关于家庭的、关于未来的，抑或是关于许原野的。

"许原野，我想要报南川大学……"于星衍终于说出了他的想法。

于星衍没有解释自己为什么做了这个决定，但是许原野却早早明白了。

于星衍看着许原野从椅子上站起来，从兜里掏出了烟，打火点燃。

男人抽烟的侧脸在夜色下显得那么疏离冷漠，烟雾在他的脸畔弥散，分明他和他离得那么近，可是于星衍却觉得，他们好像之间隔了十万八千里的距离，无论他怎么奔跑，都无法达到他的岸上。

他只是等待着。

"对不起。"

于星衍听到许原野的道歉,心中却十分迷茫不明白他为何要向自己道歉。

"你不属于这里。你的成绩值得更好的学校。"许原野的目光深沉,许多更加纷杂的情感被他掩盖在了心头,没有表露一分,他只是这样说着。

许原野看着于星衍没有了以往肆意骄傲、明亮张扬的模样,他那样的卑微,但他知道自己不能心软,更不能因为自己耽误了少年的未来。

"原野哥,我真的很快就会长大的,我现在已经成年了,我能够做决定了……"

于星衍看着在阳台旁边抽烟的男人,他对他说:"那就等你长大吧,小朋友。"

小朋友、小朋友。

于星衍真是讨厌透了这三个字。

突然,于星衍裤兜里的手机响了,来电显示的是班主任的名字。

"星衍啊,我是陈老师,思前想后我还是决定要和你说一下,之前你表哥来的时候，看了你的成绩，也觉得你成绩很优秀，留在本地上大学实在是不太合适，和我商量后给你改了志愿，你的成绩绝对是可以上北城大学的。老师还是要和你说大学很重要，专业很重要，这都是会影响你一生的……"

老师絮絮叨叨的话语中，他只听到了"表哥""改志愿"两个词，其他安慰的话他一句也没有听见。

于星衍看着许原野，突然明白了他刚才的"道歉"到底是什么意思。

于星衍按掉电话，直直地看着面前的许原野，眼睛里满是倔强与不甘。

"我已经不是小孩子了！"

"我可以自己做决定了！"

"于豪强都没说什么，你凭什么！"

这是于星衍第一次这样和许原野讲话。

许原野依旧是那样冷静的表情，丝毫没有被他的话所影响。

他定定地看着表情淡然的许原野，声音颤抖道："如你所愿！"

哐——

大门被于星衍狠狠地甩上。

许原野拿着烟的手颤抖着，他把烟掐灭，手放在身侧，努力地稳住。他知道高考志愿的重要性，一个人人生的新起点，于星衍的优秀值得更好的大学。

至于于星衍对他的依赖，他知道，也理解，自己的家庭背景和他也有几分相似，但这些都不能成为影响这个少年未来的因素。

这次，可能很久都见不到这个小朋友了。

烟头被雨水濡湿，没吸几口就灭了。

黑漆漆的夜里，再没有一点光。

大雨滂沱而下，雷声伴随闪电，这个夏天很长，闷热得让人窒息。

于星衍从嘉城新苑搬走的时候，刻意避开了许原野。

于星衍回到南山花园的时候，把有着许原野亲笔签名的书一本一本地拿出来，它们堆成了一座小山，于星衍坐在地板上，看着这堆书，眼眶发酸，却掉不下一滴眼泪。

和许原野一起生活的这几年光阴在脑海中纷纷掠过，他想起于豪强在他面前拿出结婚证，想起王菁菁牵着那个小土豆站在他家客厅里的场景，想起他是怎么收拾东西夺门而出，想起他拎着行李箱，傻傻地站在门口按响了门铃，然后被许原野甩上了门。

那时候的他，还只是一个会因为缺少父爱而哭鼻子的小孩，会用离家出走来宣告自己的反抗，可是现在的他呢？已经能够平静地看待王菁菁和她的小孩，能够站在于豪强的身边，露出乖巧温顺的笑容。

他好像长大了。

许原野告诉他，要为自己而活，他却没有做到。

他不想应付那些虚假无聊的宴会，更不想对着于豪强笑，可是他能怎么办呢？

成长就是这样吧，一切都和想象中的不一样，要吃苦，要受痛，不是付出了就能得到回报，不是想要就能得到。

他在许原野的羽翼下被呵护了三年，到最后，他也只能一个人走。

不能因为痛苦而自暴自弃，还要撑出光鲜亮丽的样子，亮堂堂地迎接第二日的暴晒，在所有人面前笑。

蝉鸣声绵长，不知疲倦地贯穿着这三年的时日，它们的生命那样短暂，所以可以不顾一切地鸣叫，直到死去。

可是他却不可以。

于星衍低头了，妥协了。

坐在阁楼的天窗下，十九岁的于星衍抽了人生中的第一支烟。

于星衍第一口烟没有过肺，全部呛在了喉咙里，燎得嗓子又痒又痛。他硬撑着抽完了一根烟，难受得不住地干咳。

干咳着，干咳着，眼泪就掉了下来。

于星衍把烟按灭，躺在地板上，蜷缩成一团。

孤独城

Stars and Fields

曾经他想，如果可以，他这辈子都不想学会抽烟。

可是现在，于星衍挣扎着从地板上爬了起来，又点着了一根。

这一次，他学会了过肺。

眩晕的感觉上头，于星衍在烟草蜷缩燃烧的那一秒，感觉到了放松。

抽烟的滋味是这样啊。

于星衍怔愣地看着手指间明灭的橙光，泪水滑落脸颊，他想，自己好像又长大了一点。

可是这样的成长，他宁愿自己从未得到。

太漫长、太苦涩了。

对他来说，太残酷了。

6

两个月后。

八月份的北城正值盛夏，北城国际机场内空调开得很低，一个普通的工作日下午，来自嘉城的航班降落在了航站楼。

于星衍和王小川一起取了行李，走到大厅，一眼就看见了站在人群中的崔依依。

崔依依穿着黑色吊带上衣，一头又长又顺的黑直发披在肩上，身材热辣，脸蛋美艳，十足耀眼，不知道多少过往的旅客都在回头看她。

崔依依对来自陌生人的目光毫不在意，她专注地看着出站口，在看见于星衍和王小川的那一刻笑着朝他们挥了挥手。

"星星、小胖，这里！"

崔依依这几年因为工作忙碌，暑假也经常留在北城跑演出，所以有近一年没见过于星衍了，此刻重逢，她着实被于星衍身上的变化惊了一下。

拉着行李箱走在王小川旁边的男生穿着黑色短袖和牛仔裤，好像比上次见的时候又长高了一些，身材也不再像以往那样单薄，手臂线条隐约有了肌肉的感觉。那张原先还有一点婴儿肥的脸变得棱角分明，线条也凌厉起来，虽然依旧是一双好看的杏仁眼，但是看过去的时候，已经不会产生"可爱"这类的联想了。

少年感褪去，属于青年的沉稳和帅气在于星衍的身上展现出来，着实叫人有些移不开眼。

王小川看见崔依依，立刻谄媚笑着迎了上去，"依依姐，我来了我来了！辛苦女神来给我接机！"

崔依依弹了像个炮弹一样飞过来的王小川的额头一下，没好气地说道："王小胖，接机的重点是你吗？真会给自己脸上贴金！"

于星衍不紧不慢地走到她的旁边，眼里浮出一丝笑意，朝崔依依点了点头，"依依姐，好久不见。"

崔依依看着他，衷心地感叹道："星星，又变帅了啊，我看许原景北城大学校草的位置估计又要保不住了。"

于星衍听到"许原景"三个字，脸上的神色倏忽变了变，但很快又归于平静。

他的声线比以往低沉了一些，少了几分清澈，多了一些磁性，"依依姐，我哪能和许原景学长比。"

崔依依瘪了瘪嘴，"许原景人老珠黄，长江后浪推前浪，他早就该被拍死在沙滩上了。"

三人闲聊了几句，便一起往停车场走去。

走出机场大厅，热意扑面而来。

和嘉城那种让人窒息的闷热不同，北城的夏天很干燥，虽然太阳很大很晒，但是没有那么容易出汗，让人困扰的更多是大风和沙土。

今天北城的天气还不错，倒没什么霾，天空晴朗清澈，是个不错的日子。

崔依依开的是乐队朋友的车，一辆七座汉兰达，接两个人足够宽敞。

从北城国际机场开车到高校云集的大学城要一个半小时，路途有些遥远，更别提北城是一个堵车十分严重的大都市，好在崔依依和他们已经有近一年没见了，能聊的事情很多，一路上倒也不觉得无聊。

　　崔依依如今是北城音乐学院的学生，开学大三，许原景、蒋寒则都考入了北城大学，也是马上大三的老学长了。

　　此去经年，一晃眼时间过去了这么久，发生在大家身上的变化都不可谓不大。如果说刚刚考完高考的于星衍和王小川身上还是满满的学生气，那么崔依依的身上则已经看不出来那种属于在校生青涩的感觉了。

　　崔依依在读书的同时一直混乐队，粉丝数越来越多，有不少经纪人找过她想要签约，崔依依虽然现在还没松口答应，但是估计以后难免要走上这条路。

　　至于蒋寒，王小川和于星衍隐约知道他们好像谈过一段时间，又分手了，如今还是朋友。

　　提起蒋寒，崔依依脸上没有任何不自然的神色。

　　她说："许原景和蒋寒在准备一个建模比赛，等下直接在北城大学旁边见面，他们请客，你们放开吃，狠狠宰这两个没良心不来接机的人一顿。"

　　王小川和于星衍自然是应好。

于星衍今年高考不负老师的重望，成功考入南川省的理科前十，于豪强开心得在酒店里摆了一个星期宴席，爽快地答应了于星衍去公司实习的要求，所以于星衍在这个漫长的暑假也是忙得脚不沾地，根本没空出去玩。

王小川发挥得也还不错，录了北城工业大学的建筑专业，以后估计要成为扛水泥搬砖的包工头了。三人里只有叶铮留在了本地的南川大学读法律，也算是圆满。

于星衍在公司当了两个月的底层实习生，帮着跑腿复印文件，在办公室里受了不少眼色和教训，也成长了不少。

小少爷身上的傲气被磨得差不多了，再没有高中时那一眼看过去的娇贵劲儿，现在打量起来，已经无法从外表穿着看出这个男生的家境如何了。

崔依依对于于星衍身上的变化很是感慨怅然，她不由得回忆起高一时的于星衍，那么可爱娇气让人忍不住要去照顾，现在感觉于星衍可以来照顾她了。

成长真是一件不可估量的事情啊，她忍不住想。

车开到大学城最火爆的餐厅时，天色已经黑了。

一路堵车让崔依依也有些疲惫，三人从停车场出来，落入了嘈杂喧闹的氛围里。生活区到处都是青年男女，大家笑闹着走在路上，一派青春朝气。

漂亮美艳的崔依依和挺拔帅气的于星衍走在一起，虽然旁边还有一个小胖子王小川，但是依旧很惹人眼球。

于星衍走了几步，就听见人群里好像有人在小声谈论，话语间提及崔依依的名字。

崔依依则像是习惯了，继续一边聊着天一边给他们带路。

大学城公认最好吃的餐厅鲜味居的门口坐了一排等位的学生，生意很是火爆。

崔依依向门口的服务员报了号，服务员带着三人穿过过道，走到了一间包间的门口。

王小川咂舌道："哇，还是包间啊，这也太隆重了！"

崔依依一边推门一边解释道："那是因为许原景的人气太高了，你要是在外面吃，保管你明天就出现在论坛上面，虽然脸可能被打马赛克。"

说完，她想到于星衍，又补充道："星星的脸肯定不会被打马赛克。"

王小川再一次被打击，悻悻然闭了嘴。

他们走进门，包间的装修是古色古香的风格，圆桌旁已经坐了两个人，一个已经站了起来，一个还坐着。

站起来的蒋寒穿着短袖和大裤衩，看起来有些不修边幅的样子，因为连日准备比赛的缘故，下巴冒出了小胡茬，桃花眼带着些困倦，和崔依依的目光相遇以后，冷淡地撇开了。

蒋寒转身很热情地和王小川招呼了起来，"小胖子，好久没见了，快来给寒哥捏捏！"

王小川小跑过去，把脸递到了蒋寒手边。

于星衍则是一眼就看见了坐着的许原景。

他的目光和许原景的目光相遇的时候，怔愣了一瞬。

自从许原景去了北城大学，他就再没有和许原景见过了，寒暑假的漂移板社团团建许原景也没有来过，想来许原景也不爱参加这些活动。

满打满算，他和许原景真的是有两年没见了。

时光在许原景的身上也雕刻出了变化，许原景坐在那里，腰板挺得很直，不知道什么时候也配了一副眼镜戴着，金边细框，看起来清俊又斯文，和高中时拒人于千里之外的冷淡不同，如今的许原景看起来平和沉稳了许多。

于星衍恍惚地站在包间门口，耳边是上菜点单的热闹背景音，他看向许原景，青年的身姿和他脑海中的一个人重合了。

明明脸长得只有两三分相像，可是不知道为什么，于星衍却觉得自己好像看到了青年版的许原野。而许原景朝他看过来的眼神里，有探究，也有很多他读不懂的意味。

许原景看着他，对他说："于星衍，好久不见。"

开学季，大学城里热闹得像是过节一般，新生军训刚过不久，到处都是被晒得黝黑的学生，新鲜地感受着关于大学的一切活动。

柳茗从宿舍楼里出来，和室友一起往饭堂走，其中在校学生会文娱部当副部长的李莉莉不知道看到了什么，兴奋得直拉她的手。

"茗茗，今天景神在晖园吃饭，我们赶紧过去！"

柳茗听到她的话，有些害羞地咬了咬唇，又忍不住好奇道："许原景不是已经好久没去饭堂吃饭了吗，怎么今天去晖园吃饭了？"

柳茗是中文系的系花，如今大三了，身边的人都知道她喜欢同年级的许原景，可惜一直没能成功为他们牵线搭桥。

"让我看看。"

李莉莉是文娱部的副部长，加了学校大大小小不知道多少个微信群，消息最是灵通，她才低头翻了几个群，就找到了许原景今天出现在晖园里的原因。

"我没有看错吧，景神带了一个帅哥新生一起吃饭！我的天啊，这张照片里的两张脸是真实存在的吗，你们快看看！"李莉莉从微信群里翻到了前线发来的新鲜偷拍照片，赶紧举起手机和身边的姐妹们分享。

柳茗在听到帅哥新生的时候心里是很不以为意的，她下意识地想，再帅难道能有许原景帅吗？多半是李莉莉夸张了。但是在她偏头看到那张有些模糊的偷拍照的时候，也忍不住怔愣了一下。

晖园是北城大学学生票选出来排名前三的饭堂，平时就已经有很多人了，在这张照片里，排队的人群更是熙熙攘攘，颇有把通道堵得水泄不通的架势。而站在队伍中的两个男生格外显眼，和周围的其他人简直就不在一个频道里。

站在前面的许原景穿着白衬衫插着兜站着，侧脸冷淡俊逸，他身后的男生刚好回头，被拍到了正脸。

那是一张比许原景的五官更加精致好看的脸蛋，纵使经过了军训的磨砺，皮肤依然是出挑显眼的冷白色。男生身条比例很好，站在那里，和许原景比起来，多了一分清澈的少年气息，但他举起手喝水的手肘线条又拥有力量感，两者融合在一起，让人移不开眼睛。

可以说，这个男生和许原景不是一个风格的帅气，但是就其惹眼程度来说，确实是不分上下。

照片被李莉莉发在了宿舍群里，很快，她又大声地读出了这个男生的资料。

"于星衍，经管系大一新生，今年南川省的理科前十……哇，和景神是一个高中的啊！"

阳光细碎地穿过树梢的缝隙，密密匝匝地落在地面上，地砖凹凸不平，踩过的时候，发出一声嘎吱声。

晖园内，于星衍、王小川、蒋寒和许原景四人坐在桌子上吃饭，无论是谁都早就习惯了被人围观的感觉。

王小川经过将近半个月的军训，瘦了不少，如今看上去只能算得上壮，和高中时肉嘟嘟的感觉也相去甚远了。

距离上次接风宴，已经过去了不少时日，于星衍再见到许原景，已经没有了上次的恍然。

他吃了一口盘中的菜，虽然晖园是北城大学数一数二好吃的饭堂了，但是比起自己在嘉城的伙食，于星衍依旧觉得差了不少，盐好像总是放得过多，齁得慌。

目光瞟过许原景，于星衍发现，他和许原野吃饭的时候一样，不喜欢说话，总是很沉默地夹菜。

于星衍脑海中的念头翻涌浮现，他总有一种强烈的直觉告诉他，许原景和许原野，大概真的有些关系。

这一顿饭吃得很安静，和接风宴时的热闹不同，没有了活跃气氛的崔依依，王小川也当不成捧哏的角色。

大学的生活和于星衍预想中并没有什么区别。

他和大多数好奇的新生不同，毕业于嘉城六中的于星衍和王小川早在高中的时候就已经感受到了足够的自由，体验了丰富的校园活动，所以到了大学，这一切倒不显得稀奇了。

吃完中饭，许原景和蒋寒又带着于星衍和王小川去校园里转了转，尽了学长的义务以后就匆匆赶去上课了。

于星衍和王小川走在回宿舍的路上，走着走着被几个漂亮的女生拦住了。

与高中的时候不同，大学校园里漂亮的女生实在是太多了，个个都打扮得精致好看，王小川都有些看花了眼。

这种情况，向来是冲着于星衍来的，王小川很自觉地往于星衍身后退了一小步。

李莉莉也没想到她们赶去晖园的时候，许原景和那位新生小帅哥已经走了，留给她们的只有一室嘈杂，抱着遗憾回宿舍，却在半路上遇到了于星衍和王小川。

看见这两人的身边没有许原景的身影，柳茗有些失望地低下头，李莉莉却很激动。

"这位学弟，你好，我是校学生会文娱部的学姐，明天就要开始招新了，不知道你有没有兴趣加入我们文娱部？"

于星衍没想到这位学姐是来招揽他进学生会的，眨了眨眼，礼貌地拒绝道："谢谢学姐，我还不打算参加学生会。"

他拒绝得干脆，李莉莉却能说会道，性格外向强势，和崔依依有几分相似，她拦着于星衍聊了一会儿，最后加上了于星衍的微信。

两人被几个学姐横插一脚耽误了一会儿，等于星衍回到宿舍，室友已经全都回来了。

北城大学是四人寝，按系分宿舍，于星衍走到宿舍旁，王小川也结束了这趟北城大学的旅程，转身回了北城工业大学。

宿舍里的同学都是南方人，有一个是南川省的，两个是川蜀省的。刘易燃见到于星衍推门进来，双手离开键盘，脚一蹬桌子，电竞椅滑溜到了于星衍身边。

刘易燃是川蜀省平远市的，长了一张娃娃脸，却烫了一头锡纸烫，每天都穿着宽松的短袖和掉裆裤，是一个追求潮流热爱电竞的学霸，家里也挺有钱的。

他看着于星衍，一脸坏笑，八卦道："衍哥衍哥，你知不知道，你今天在学校论坛上红了一把！"

于星衍用脚指头想都知道是因为什么，他不是很感兴趣地从刘易燃身边路过，走到自己的桌子旁坐下。

大一的课程刚刚开始，空闲时间挺多的，于星衍也没有闲着，回到宿舍就打开笔记本背单词。

刘易燃见他不说话，不依不饶地再次凑到了于星衍的身边。

"衍哥，你这不应该啊，怎么一点反应都没有？"

和他同省的彭湃是个苗条的豆芽菜，顶着一副巨大的黑框眼镜，也在很认真地看书，见刘易燃骚扰于星衍背单词，很不赞同地说道："你不要打扰人家学习。"

刘易燃"嘿嘿"笑了一声，挠了挠头，嘴上没说什么，却拿出手机和朋友们吐槽。

易燃物：我去，我们宿舍那个帅哥真的太冷太拽了，以为自己考个北城大学了不起啊，就跟谁没考上似的！

易燃物：老子必不可能再热脸贴他的冷屁股！

刘易燃把耳机戴上，又和朋友叨叨了几句，便打开《英雄联盟》玩了起来。

耳机里传来陪玩妹子又软又嗲的撒娇声，刘易燃被哄了一会儿，这才心情舒畅。

他打开声卡，调了一个高冷男神音，全程面对着陪玩妹子的撒娇只说寥寥几个字，最后却非常宠溺地让了妹子一个三杀，引得妹子在对面娇羞又开心地笑，直播间里全都在刷礼物。就这样玩了一下午，收获了一波礼物以后，刘易燃心满意足地下了播。

没错，刘易燃自认为自己和宿舍里的三位室友不是一路人，很大一个原因就是他是一位小有名气的游戏主播，平时还会宠粉唱歌，有一批忠心耿耿的女友粉。

虽然刘易燃只把这个当成闲暇爱好来做，但是也做出了一番成绩，这让他颇为自得。

晚上有一节公共课，刘易燃下播以后，宿舍四人一起出去吃了个饭，便往教学楼走去。

刘易燃拉着宿舍里和他一样喜欢玩游戏的周建南聊得热火朝天，故意冷落走在一边的于星衍，谁知道这位帅哥室友和豆芽菜一样，一个人边走路边看学习资料，另一个戴着耳机正在听英语听力，根本没注意到他的行为。

刘易燃和《英雄联盟》只是黄金段位的周建南聊得没趣极了，心里有些瞧不上他对游戏的理解，等到了教室，四个人便各自摊开笔记本坐着，谁也没再和谁说话。

刘易燃微信里收到了学生会文娱部学姐的消息，眼睛一亮，他看见自己的节目被安排上去了，赶紧给学姐扣了一连串谢谢。

这可是他费了不少力气才得来的机会！

刘易燃对自己的外在条件和硬件都十分有信心，这次学校的迎新晚会他必须一展歌喉，把于星衍身上的风头全部抢过来才行。

专注学习的于星衍丝毫没有感受到室友的那点小心思。

时间走到了学校迎新晚会的那天上午，刘易燃却在宿舍里发出了崩溃的一声哀号。

他才发现，学校的迎新晚会，和直播平台上一个线上直播活动撞了时间，最关键的是，他两边都参与了。

迎新晚会的时间是学姐这个星期才告诉他的，但是直播平台的活动很早就定下了，刘易燃哪里还记得活动时间是哪一天啊，直到房管提醒他，他才反应过来，原来这俩活动是同一天！

这下好了，他急得在宿舍里团团乱转，都不知道自己到底顾着哪边比较好。

思来想去之下，刘易燃选择了平台方，毕竟是签了合约的，他实在是承担不起后果。

至于迎新晚会，他只是歌曲串烧里的一个而已，少了他节目也不会唱不下去。

但是，他好歹也要找个人代替他，不然这得罪学长学姐以后怎么混啊！

刘易燃一边着急，一边习惯性地刷着学校的论坛，缓解自己焦虑的情绪。

一个名字是"惊呆！经管系大一新任系草唱歌视频流出，太好听了吧！"的帖子吸引了他的注意力。

刘易燃看着这个帖子，心里咯噔一下，难道这说的是自己？

毕竟经管系也只有他在军训的时候唱了歌，难道是有人录了视频？

他心里暗暗期待着，点开了帖子，主页上的视频却让他脸上发烫。

居然是自己那个拽得飞天的室友于星衍！

刘易燃一时气得忘记了正事，不服气地点开了视频，入耳的歌声却让他逐渐平静了下来。

确实还挺好听的。

视频里的男生和现在的模样有几分不同，更加稚气清秀一些，身形也没有现在这样高，估计是在学校的活动上，唱了一首《孤独患者》。

也难为论坛里的那些人把于星衍高中的视频都搬运了过来。

刘易燃看着这个视频，心情一时之间复杂又纠结。

上午的课结束，他脑子里都仿佛是冰山火海在碰撞，一会儿是"不行绝对不行"，一会儿是"要不然试试"，羞耻心和嫉妒让他根本无法开口。

一通来自学姐的电话让刘易燃下定了决心。

下午要最终彩排了，他如果要换人，也必须赶在这个之前。

刘易燃回到宿舍，刚好豆芽菜澎湃和周建南都不在，他巡视了一圈，最后在阳台上看到了于星衍的身影。

于星衍回过身，他看向刘易燃的眼神平静而淡漠，和他那张精致好看的脸产生了鲜明的对比。

不知道为什么，刘易燃感觉，现在的于星衍看起来好像比他大了好几岁的样子。

"那个，衍哥……"

刘易燃虽然在人背后很能说，但是面对着本人的时候，却下意识地选择了听起来没什么威慑力的本音，说出口的话也结结巴巴。

于星衍靠着栏杆问他，"找我什么事？"

连于星衍自己都没有发现，自己就连看人的眼神都不自觉地模仿了许原野五六分的样子。

刘易燃被这样的于星衍弄得有些不敢说话。

他张了张嘴，鼓足了勇气，开口问道："衍哥，那个……你会唱《孤独患者》？我看到了论坛上的视频……"

他也不想来找于星衍的，谁叫这一切都太巧了呢？

他在串烧里分到的部分刚好就是《孤独患者》，上天把这么好的救场人选送到了他的身边，他不来试一试，自己都会骂自己傻。

于星衍以为刘易燃还是来找自己八卦的，眼神暗了一些，不想回忆起以前的事情，有些不耐烦。

摆出一副可怜兮兮模样的刘易燃眼巴巴地瞅着于星衍，说道："衍哥，今天晚上迎新晚会，我在串烧部分有大概一分钟的唱歌时间，唱的就是《孤独患者》，但是我还有一件非常重要的事情离不开，衍哥，衍哥，你帮帮我，你帮我去唱一下好不好？接下来我大学四年都为衍哥你当牛做马……"

于星衍愣了愣。

原来是来找他唱《孤独患者》的……

耳边刘易燃还在发挥自己毕生的功力诚恳地求人，简直要把自己的大学四年全部卖给面前的于星衍了。

灯光、舞台、欢呼声。

于星衍的眼前浮现出了几年前那个歌手大赛的秋日，他觉得有点不可思议，又有些怀念。

他都这样避社交活动如蛇蝎了，兜兜转转，居然还是有人找上他，恳求他唱一首高一的时候唱过的歌。

换人的事情，开头困难，过程却非常顺利。

听过彩排以后，本就对于星衍很有兴趣的文娱部副部长李莉莉笑得颧骨都到太阳穴去了，根本没有空怪罪刘易燃，甚至还挺开心刘易燃给她送来了于星衍。

晚上七点，学校礼堂里坐满了今年的大一新生。

于星衍被临时扯到了舞台上，但是他没有丝毫的紧张。

串烧没什么技术含量，走位也因为换人来不及排练改成了干站着。于星衍站在台上，看着台下乌泱泱的人头，确实比高中时的场面盛大不少，可是他的心却是空的，不会因为这样的场面而激烈地跳动。

轮到于星衍的时候，他举起话筒，游刃有余地唱了一分钟的

《孤独患者》，他甚至没有精心打扮，他上课的时候是什么样，现在便是什么样地站在台上。

但是短短的一分钟，却让他在所有人的心里留下了深刻的印象。

闪光灯耀眼夺目，追光灯打在于星衍的身上，男生身姿挺拔，站在那就像迎风生长的白杨树，生机勃勃，也沉稳有力。

他的眼里没有曾经的羞涩、紧张，也没有了曾经的期待。

因为他知道，这个台下，不会再有人为他送上一束花了。

自己的部分唱完，于星衍跟着其他人一起回到后台。

于星衍走到幕布间时，回头看了一眼舞台。他有些怆然，在心里自嘲地笑了一声。

原来，过了三个月，他自认为抚平的不甘其实并未消失，只不过，藏在了心里更深一些的地方。

7

厉从行从工作室里走出来，给许原野打了个电话，他站在原地等了许久，直到电话挂断，那边也没有一点音信。

他有些无语地摁了摁额头，坐电梯到地下车库，开车往九湖湾畔去了。

工作室下班时间是五点，虽然厉从行提前了大概半个小时，但是依旧躲不过嘉城的堵车高峰期，被困在高架路上。堵车让人有些心烦意乱，厉从行时不时就看一眼手机，那边的许原野一直没有回他。

想起昨天晚上许原野喝得烂醉的样子，厉从行烦躁地"啧"了一声，手指在方向盘上叩了几下，等到车流重新开始动起来，他转道开去了附近的一家百货超市，买了些熟食面包，这才重新往九湖湾别墅区开去。

厉从行把车停好，拎着食物走过院子，指纹锁里还留着他的指纹，很轻松就开了门。

此刻时间已经到了晚上七点，别墅区非常安静，树影重重，灯光昏黄，把厉从行的身影拉得很长。

厉从行打开门，迎接他的是一室黯淡，酒味和烟味混杂在一起，味道浑浊难闻，厉从行皱眉扇了扇风，这才往里面走。

自工作室从别墅搬走到现在也有大半年了，里面的家具摆设都是请人重新设计过的，当然是厉从行掏的钱，毕竟他也白用了许原野的房子一年多，这里交工不久，许原野住进来才一个星期，到处都很新。

厉从行打开客厅的吊灯，呈螺旋排列的灰色灯管亮起，把沙发旁滚了一地的酒瓶照得清清楚楚。看见这些酒瓶，他脚步顿了顿，有些不敢置信这一幕居然是在许原野住的地方发生的。

虽然他和许原野昨天确实在这里喝了一宿酒，但是他以为，今天许原野醒来了以后一定会叫人来搞卫生，可是到了晚上过来一看，客厅都还保持着昨天的原样。

这说明，许原野一定是到现在都还没睡醒。

厉从行看着这一室狼藉，愈发觉得事情有些不对劲。

昨天喝酒的时候他就发现许原野的情绪似乎不是很好，但是许原野什么都没有和他说，他就算想猜也无从猜起。

厉从行难得遇到许原野这样失态的时候，在他的印象里，许原野这个人，年纪虽然比他小不少，但是为人处世向来都是稳重周全的，而且性格坚韧，说一不二，很难受到别人的影响。

无论是工作室起步的时候他被别人污蔑抄袭，还是后来被说小说内容三观不正，许原野都是泰然自若，一点慌乱紧张都没有，任大风大浪卷起，他丝毫不搭理。

现在这是怎么一回事？

厉从行在为自己的好友担忧之余，也不免起了一些好奇心。

许原野的卧室在二楼，厉从行走上去，打开房门，里面却没找见许原野的身影。

"许原野——你人呢！许原野！"

厉从行急了起来，他还以为许原野在房间睡觉呢，这不会喝多了跑出去了吧？

他挨个房间开门看了一遍，都没有看见许原野的人，厉从行骂了一声，赶紧拿出手机给许原野打电话。

手机屏幕的光在客厅沙发上亮起，厉从行站在二楼往下看，手里还举着手机，身后突然传来懒洋洋的一声。

"这呢，别叫了。"

厉从行转过头，主卧卫生间的门被打开了，许原野身上围了一条大浴巾，从里面走了出来。

男人身材并不是锻炼得很厉害的那种健美型，肌理流畅，骨肉匀称，看得出来有在家里做些健身运动，但是肌肉线条并不夸张。

许原野的身上还带着些水汽，发梢湿漉漉的，那双狭长的眼里满是疲惫和困倦。

厉从行看见他这副漫不经心的样子，暴躁地骂了一句，质问道："你搞什么呢，发消息打电话都不回，我还以为你死在这了！"

许原野宿醉刚醒，脑后针扎一般的疼，他有气无力地回答道："刚醒，泡了个澡，没看手机。"

"你睡了一天？"虽然早就料想到，但是许原野亲口承认的时候，厉从行还是有些不敢置信。

许原野看着他，"嗯"了一声，转身回了自己的房间。

门被"啪"地关上，厉从行站在外面，抽了抽嘴角，嘲讽道："关什么门啊，不敢给兄弟看啊？"

许原野换衣服的速度很快，门再打开的时候，已经穿上了宽松的短袖和棉质睡裤，他用毛巾擦着头发，对厉从行的嘲讽不置一词。

许原野踩着棉拖走到一楼，看了一眼客厅的狼藉，他把擦头发的毛巾放到卫生间门口的脏衣篓里，戴上手套，开始收拾卫生。

这倒是和平时的许原野没什么差别了。

厉从行也走下楼，拖了一张椅子坐着，提醒他道："我给你带了吃的，放冰箱里了，你自己去拿啊。"

许原野一边把酒瓶放进垃圾袋里，一边没什么精神地"嗯"了一声，算作回应。

厉从行看他这样子，总觉得许原野身上有古怪。

他敲了敲椅子的把手，问道："你这是怎么了，要不要我再陪你喝点？"

许原野收拾东西的手顿了顿，抬起头，幽幽地看着他，强调道："昨天是我陪你喝，别颠倒主次。"

厉从行干咳一声，改口道："那今天我陪你，行不？"

许原野低下头，手上收拾东西的动作不停，他冷淡地拒绝了厉从行的邀请，"不喝了，你可以走了，谢谢。"

厉从行被他这没良心的话语弄得牙酸，气得从椅子上站了起来，指着许原野骂道："你真是过河拆桥，有我这么好的兄弟不知道珍惜？还特意下班买吃的来看你，你现在赶我走？"

地上的酒瓶终于收拾好了，许原野看了眼沾染上酒渍的地毯，内心升腾起烦躁的情绪。

他拎着垃圾袋站起来，看着厉从行道："不走也可以，帮我把地毯洗了，没记错的话，这酒是你昨天洒在上面的。"

厉从行想起自己昨天对这块地毯干的好事，尴尬地摸了摸鼻子。

"谁洒在上面了啊，你收拾你收拾，我走了！今天晚上还有稿子要改呢！"

知道许原野认真的性格，厉从行怕自己再在这待一会儿真的要被揪着搞卫生了，赶紧开溜。

溜之前，他回头望了一眼开始拖地的许原野。

男人长得本来很高大，可是佝偻着腰拖地的时候，却显出了几分无言的落魄和孤寂，在这装修精美的大别墅里，就像一条没有生气的影子。

厉从行也是个目光敏锐、人情练达的社会老油条，他看着许原野，在那回头的一瞬，也能从男人强撑出来的架子下看到一点端倪。

厉从行若有所思地回过头，知道许原野并不想在他面前把这些东西展现出来，也很识趣地没有戳破。

门"咔嗒"一声，厉从行走了。

许原野弯腰拖地的动作滞了一瞬，过了好几秒，男人才继续打扫卫生。

客厅很快在许原野麻利的整理下变得干净而井井有条。

厉从行把关的装修走的是极简工业风，灰泥墙搭配金属质感的框架结构，让别墅看起来冷淡、利落，而点缀的毛绒地毯和暖黄色灯光则像是寂静大海里的灯塔，让这处居所有了属于家的温柔。

许原野并没有关心过厉从行把这里装修成什么样，也没有给他提过意见，所以厉从行选择的风格，完全是他主观认为和许原野气质相配的。

如果让厉从行看见许原野住在嘉城新苑那到处都是碎花和蕾丝的房子里，估计眼球都要惊掉。

许原野搬过来一个星期，睁开眼看见灰色的水泥墙和吊顶的线灯的时候，还会有些不适应。

他洗过手，摸了摸口袋，又走去客厅找烟。

手机还被丢在沙发上，待机了一整天，电量已经岌岌可危，在关机的边缘徘徊。

他把烟抽出夹在手上，把屏幕解锁，跳转到了和许原景的微信聊天界面上。

那个视频还静静地躺在聊天列表的最底端，许原野一个字都没有回复，就像没有收到这个视频一样。

手指蹭到视频的播放键，那个画质并不高清的视频便开始播放了起来。

许原野抽着烟，垂眸看着穿着短袖牛仔裤球鞋的于星衍站在台上唱歌。

一别三个月，于星衍好像长大了不少，他已经很久没有亲眼看过他的样子了，所以乍一看到视频，全然的陌生感扑面而来。

这种陌生感让许原野心里很不好受。

昨天喝酒，喝着喝着就失去了控制。

后来他躺在沙发上，做了一个很漫长的梦。

他梦见自己还住在嘉城新苑那满是碎花的房子里，梦见于星衍坐在沙发上打游戏，看见他出来，便抬起头，眼神亮晶晶地问他要不要一起来玩。

梦的后半段，于星衍却突兀变了样子。

他变得沉默了，不爱笑了，看着他的时候，平静又淡然，再也不会牵他的衣角撒娇，也不会在他面前掉眼泪了。

他看着他，就像看着一个陌生人。

许原野想，这怎么可以呢？

许原野是被气醒的。

醒来后，他发现自己躺在沙发上，地上是一地的酒瓶，他恍惚地记起，他好像喝醉了。

他摇摇晃晃地走上楼，主卧的浴室里有一个大浴缸，当时厉从行给许原野看设计图的时候，许原野注意到了，但他并没有拒绝。

许原野不爱泡澡，可是他却忍着要裂开的头痛，坐在浴缸壁上，等着水放好。

他躺进去，温热的水流包裹了他。

许原野坐在浴缸里，水凉了又热，直到厉从行找上门来，他才提起精神从浴缸里出来。

原来，如同于星衍所说的一样，泡澡是一件很舒服的事情。

许原野呆坐在沙发上，抽完一根烟，把手机连上电。

客厅的茶几上是许原野新到的快递，放了一天没拆。

他拿出戒尺刀拆开快递，是上次网购的游戏卡带。

许原野沉默地把卡带放入游戏机里，打开投屏，拿着游戏手柄玩了起来。

马里奥的音效在客厅响了许久，许原野卡在了一个过不去的跳跃处。

他捂了捂有些疼的胃，放下手柄。

细碎的回忆又浮现了出来。

不知道是哪个无所事事的周日，他写完更新，从房间里走出来倒水，于星衍盘着腿坐在沙发上，看见他出来，兴奋地给他展示自己研究出来的跳跃技巧。

是怎么操作来着？上、跳跃、冲刺……

许原野有些想不起来了。

他感受着这一室寂静，突然有些后悔让许原景给自己发于星衍的近况了。

少年人有少年人的意难平、不甘心，许原野又如何没有？

可是，一场破格的宿醉后，等到天光亮起，许原野也只能和于星衍一样向前走。

有人渴望长大，也有人害怕老去。

毕竟，时光从不优待任何人。

这年的夏天，过得比想象中的还要快一点。于星衍第一次去北方生活，九月末，天气就转凉了，这让习惯了南川漫长夏日的他有些不适应。

学习、考试……大大小小的活动填满了生活的缝隙，等到他回过神来的时候，已经是需要开暖气的天气了。

于星衍撩开厚重的挡风帘，走出教学楼，寒风迎面吹来，冰冷刺骨。和南方的湿冷不同，北城的冷是凛冽的，带有强烈的攻击性，风如同刀子一般刮在人的脸上，叫人恨不得把全身都裹得严严实实才好。

　　于星衍把外套的帽子拉下了一点，围巾裹住了他的鼻子和嘴巴，只露出了一双眼睛在外面看路。

　　比起高中时的结伴行动，大学的于星衍已经懂得了一个人的快乐，一般来说，他都是独自一人上课吃饭。于星衍把单车的锁打开，往饭堂骑去。

　　北城大学校园的面积是嘉城六中的不知道多少倍，在里面上学，几乎每一个学生都会准备一辆自行车，说来好笑，没有被偷过单车的北城大学学生，校园生活仿佛都有些不完满。

　　从一教骑到晖园大概要十分钟，路上于星衍的耳机里还在播着英语听力，粘连不清的发音让人有些头疼，好在这天气太冷，在室外精神格外清醒。

　　于星衍是在饭堂门口遇到学长骆祯的。

　　骆祯穿着一件驼色的风衣，搭配了灰色格子围巾，看起来儒雅斯文，正站在饭堂门口和人聊天，看见他的时候转头朝他笑了笑，举起手打了个招呼。

　　"星衍，中午好。"

于星衍一边停车，一边也朝他点头示意。

骆祯是他的直系师兄，今年和许原景一样大三，和于星衍认识是因为上次的课题，他帮了于星衍不少。

于星衍打过招呼后，便低头往饭堂里走了，他的脑海里还在做着听力选择题。

直到于星衍的身影消失在挡风帘的后面，骆祯旁边正在和他聊天的一位漂亮学姐才和他说道："新认识的学弟？长得好帅啊。"

骆祯笑着扶了扶自己的眼镜，他目光飘过学姐脚上的高跟鞋，帮她提过手上的文件袋，摇了摇手上的车钥匙道："走吧，送你去图书馆。"

期末周前的半个月，北城大学的氛围一片凝重肃杀，就连平时沉迷游戏的刘易燃都开始昏天暗地地学习起来了。于星衍自然是不用多说，每天都泡在图书馆里，王小川都很难联系到他。

期末考试的战线很长，足足考了一个星期，等到最后一科考试结束，从教学楼里走出来的学生都仿佛再经历了一次高考一样疲惫又忐忑。

刘易燃回到宿舍，躺在椅子上便开始哀号："我完蛋了，我感觉我的思修真的要挂科了，我根本就来不及背！"

彭湃这个学期一直都没长什么肉，完美地保持了他豆芽菜的状态，他听见刘易燃的哀号，认真地劝说道："所以你下个学期少打点游戏，平时也背一背书啊，不要考前临时抱佛脚。"

刘易燃心里自然清楚，但是拖延症这种东西又不是一朝一夕能够治好的，他本来只是想刚开学的那会儿松懈一下子，却一不小心直接懒散了一整个学期。他看了一眼正在桌前收拾行李的于星衍，心里既佩服又有些说不清道不明的嫉妒。

说到学习的刻苦和认真，这个宿舍里彭湃和于星衍都能称得上，但是付出了同等的努力以后，换来的回报却是于星衍多一点。一整个学期，大考小考下来于星衍都稳定排在年级的前十名，所有人都觉得于星衍这个学期肯定能够拿一等奖学金。

刘易燃能考进来，脑子肯定是好使的，他总是宽慰自己，他只是还没有发力而已，等到他开始努力，于星衍一定比不上他。

但是一个学期过后，刘易燃发现，自己好像已经被于星衍甩在身后很远的地方了。

学期结束，于星衍定了晚上的机票飞回嘉城。

和上一个暑假一样，这一次他同样要去于豪强的公司实习，只不过地点从嘉城换成了隔壁的宜城。宜城作为南川省的省会，和嘉城一样是一座竞争激烈的大都市，于豪强把于星衍放去宜城的分部，多多少少也有些历练他的意思。

这次回去，于星衍是一个人。王小川还有试没有考，许原景、蒋寒等人也有实习，崔侬侬更是忙演出忙得脚不沾地，于星衍便一个人踏上了回家的旅途。

下午三点，于星衍拖着箱子走到了北城大学的南门，他看了一眼手机里的拼车群，等待着其他人的到来。

过了两分钟，一个熟悉的身影走到他的旁边。

骆祯手里拿着一杯南门旁咖啡厅制作的美式咖啡，看见于星衍的时候，眼里闪过一丝惊喜，"星衍，你是拼车去机场吗？"

于星衍对骆祯的印象还不错，他拉下自己的围巾，露出脸庞，礼貌地和骆祯打招呼道："是的，骆学长，你也是吗？"

骆祯点了点头，道："嗯，我朋友告诉我还有一个位置，我就过来了。"

离约定的发车时间还有十五分钟，两个人便站在门口，看着往来的车流，就这次期末考试的内容聊了起来。

骆祯在本专业的学习上也很优秀，于星衍一些考试时存在疑虑的问题都能在骆祯这里得到解答，一来一回聊了一会儿，两个人之间的距离便拉近了不少。

约的面包车停在学校门口的时候，这趟拼车的人已经来得七七八八了，司机帮着大家把行李抬上车后备厢，于星衍和骆祯上了车，这才结束了关于专业的探讨，聊到了生活的方面。

"所以，星衍你是回嘉城？"

骆祯说话的时候不紧不慢，微微侧过头看着于星衍，目光温和，叫人很难心生反感。

"嗯，学长你呢？"

"我在宜城实习，我们去的地方很近呢。"

于星衍听到宜城，目光微微闪过了一丝惊诧，这确实有些巧了。

从北城大学开往北城国际机场，路途遥远，车开开停停，总算在下午五点的时候赶到了机场。

此时，于星衍和骆祯已经熟悉了起来。

骆祯和他的航班时间很靠近，虽然登机口不同，但是不妨碍聊天。

于星衍已经很久没有这样舒适地聊过天了。他在学校里甚少与人交流，同级的同学身上多半难掩傲气，讨论时言辞锋利，于星衍不喜欢参与到他们的谈话里。倒是这个骆祯学长，聊天时进退有度，专业学得也很扎实，偶尔闲聊一下，让人心情都变好了一些。

晚上七点半，于星衍告别骆祯，坐上了飞回嘉城的飞机。

他在飞机上闭目睡了一觉，再睁开眼时，飞机已经盘桓在了嘉城的上空。

阔别半年，嘉城的夜景一如往常那样繁华炫目，大街上车水马龙，高楼琼宇，连成一片密密麻麻的蛛网。

于星衍的心在这一刻，也感受到了几分难言的近乡情怯。

他回来了。

嘉城，他从未离开这里这样久。

在北城上学的这段日子里，他好像已经逐渐习惯了多加盐的饭菜，习惯了灰蒙蒙的天，习惯了教室里让人昏昏欲睡的暖气，和服务员字正腔圆的大嗓门。

等到他走出机舱，到了机场大厅里，听到广播里熟悉的南川话的那一刻，眼眶不自觉便酸涩起来。

这里，是故乡。

空气永远是湿润的，窗外的树总是一片绿色。

等候行李的间隙，于星衍的手机上弹出了骆祯的消息。

LUO：星衍，我已经落地。你的飞行还顺利吗？期待你的平安讯息。

于星衍擦了擦有些湿润的眼角，低头回复道。

XYX：我也落地了，谢谢学长，一切都很顺利。

机场内人来人往，明亮宽阔的到达大厅，举着引导牌的接待站在栏杆外，等待着来自他方的旅客。

于星衍拎着行李箱从出口走出来的时候，步履很急，他低着头，一边走一边摘自己的围巾，嘉城的天气比北城热太多了，他穿得有些多。

于星衍在嘉城只待了两日。两日里，他抽出空去和叶铮一起吃了一顿饭。上了大学的叶铮和自己的小女友蜜里调油，整个人都散发着喜滋滋的气息，三句话不离自己的女朋友，把于星衍躺得不行。

除了和叶铮吃饭以外，于星衍还回了一次六中。

送走一批毕业生，嘉城六中又迎来了新的高一小孩们，于星衍站在六中的门口看了看，并没有进去。

和记忆里的母校没有任何区别，六中门口依旧有小摊兜售糯米糕和钵仔糕，那条石砖凹凸不平的人行道上依旧有人骑着单车晃悠路过，发生改变的，只有于星衍自己而已。

他买了一份钵仔糕，顺着那条走了千百次的道路，走到了嘉城新苑。

老旧的小区树荫茂密，就算是冬天，住在里面的人们依旧活力四射，打麻将的桌子摆在架空层，遛狗的住户懒洋洋地与于星衍擦肩而过。

于星衍吃着钵仔糕，不知不觉就站到了他曾经住的那栋楼楼下。

可是这一次抬起头，五楼的那个阳台，却没有亮着光。

于星衍心里早有预期，在自己走后，许原野不一定还会继续住在嘉城新苑，可是真的看到那间房子的窗口没有灯时，他却无法抑制自己心里的难受。

他和许原野的微信，已经有整整半年没有说过一句话了。

离开了网络，他和他，便是嘉城无数人海里的两片浮萍，可能这辈子都再也碰不到一起。

于星衍吃完钵仔糕，打车离开了嘉城新苑，第二天便启程去了宜城。

嘉城入了冬，天气寒凉，虽不似北方那样凛冽似刀，也自有绵密无孔不入的磨人滋味。就算穿了再多，寒意依旧会从四面八方钻入身体里，冻住血液，冻住心头的那点翻涌的热血。

从嘉城坐高铁到宜城只要一个多小时，于星衍坐在靠窗的位置上，看着繁华的城市景象后退，城郊的矮房旧楼提醒着他，纵使是在如同嘉城这般的大都市里，依旧有生活挣扎苦痛的一角。

宜城的天气和嘉城并无太大的不同，于星衍的箱子里多是厚卫衣和外套，除此之外，还带了几套款式简单的西装，以备应急之用。

于豪强给于星衍安排的公司规模还可以，经营的是服装类的生意，于星衍知道宜城的布料市场很有名，但是自己还没有亲自去看过。

他到了宜城，公司地址虽然在繁华的中央商务区中心，新城区的最高的两座写字楼中的一栋，但是他能够真正在里面打卡上班的时间却不多。

　　公司人事部的小领导以为他是于家旁支亲戚塞进来的小孩，并没有多重视他这位"空降兵"，把他打发去了布料市场。于星衍每日要早起去对进货单，和网红博主、淘宝店等大大小小的服装经营者们争抢好看的新料子，找到不错的款式收集起来，再往上报，这些工作枯燥疲累，于星衍却一句话都没说，硬生生地忍了下来。

　　布料市场很大，有很多层，有些店面还能算得上亮堂干净，有些店面便挤在犄角旮旯的小地方，守店的多是脸上沟壑纵横的中老年人，个个都饱经社会的磨炼，精明毒辣，于星衍面嫩嘴软，根本从他们那讨不到好。

　　第一天，于星衍还穿着自己带过来的衣服去，后来他便从市场的服装摊买了一套加起来不超过一百块钱的衣服，每天灰头土脸地过去谈价格，逐渐也熟练了起来。

　　所以，十几天过去，他再到宜城中央商务区的时候，只觉得恍若隔世。

　　鼻尖那布料市场弥漫的刺鼻甲醛味仿佛还没消散，于星衍站在写字楼前，穿上白衬衫西装裤，觉得自己快要被宜城并不热的阳光晒化了。

他终于进了办公室，继续当一个打杂的小职员。

任谁再去看他，都看不出来，这是娇生惯养长大的小少爷了。

年节前，各个公司都很忙碌，下午茶时分，于星衍自觉地下楼为前辈们买咖啡。

咖啡店排了长队，里面全是穿得光鲜亮丽的都市男女，于星衍捏着长长的单子，垂头站在队伍后，眼前闪过不同的衣服布料。

他在心里百无聊赖地想着，哪件衣服材质好，哪件衣服走线差，成本价又大概是多少钱，自己上货的话，定价多少合适。

以前他买东西，从不会看价钱，也不知道性价比为何物，现在他却觉得这里的咖啡太贵了，自己穿惯的潮牌也过于奢侈。

取到咖啡后于星衍的两只手都提满了，他艰难地站在刷卡机前，看了一眼过往的人群，想要跟着别人进去。

就在他瞄准了一个刷卡准备过闸的大哥的时候，身后传来了一声有些惊异的喊声。

"于星衍？"

于星衍走路的步子顿住了。

他回过头，这些天他没时间去理头发，刘海有些长了，挡住了视线，过了几秒，他才认出站在他身后的男人。

是他的学长，骆祯。

和于星衍不同，骆祯穿着一身合体又笔挺的西装，看起来没有多少学生气，反而更像是社会上的精英。头发用发胶梳起，戴着无边框的圆眼镜，儒雅又俊秀。

于星衍看着他，有种不真实的穿越感。

他迟疑地和骆祯打了个招呼，"骆祯学长。"

骆祯看了一眼两只手提满了咖啡杯的于星衍，眼里没有丝毫奇怪的神色，他自然地伸出手，想要帮于星衍分担一部分。

"你也在这里实习吗？好巧啊。"男人的手伸到于星衍的手畔，又道，"我帮你拿一点吧，看你这样连卡都刷不了。"

于星衍恍惚地把咖啡纸袋子交到了骆祯的手上，拿起自己的工作卡，刷卡走了进去。

再转身，于星衍却看见骆祯并没有跟着他一起进来。

男人隔着匝道，微笑着把咖啡递给于星衍。

于星衍接过咖啡，看见骆祯胸牌上写的是一所非常有名的投行的名字，他记起在机场时骆祯告诉他要来宜城实习，原来如此。

骆祯主动朝于星衍解释道："我刚刚在咖啡店看见你，叫你几声你都没听到，想着这么巧怎么都要打个招呼，这才过来。"

"我就在隔壁实习，有空可以一起出来喝喝茶。"

于星衍朝他挤出了一个笑容，点了点头。

骆祯没有问询任何关于于星衍的事情，他只是和于星衍挥了挥手，便转身走了。

　　直到走进电梯，于星衍都还有些发蒙。

　　他虽然能够接受自己被于豪强放在这里做事情，也明白于豪强想要历练他的苦心，但是好歹没有任何认识的人看过他这样狼狈的样子，他这段时间活得是割裂的——把现在的自己和之前的自己割裂开来，这样就不会太难受。

　　可是骆祯的出现打破了他的自欺欺人。

　　虽然骆祯什么都没说，甚至连一丝诧异打量的目光都没有，可是于星衍依旧觉得脸上火辣辣地烫。

　　他明明可以更加认真，更加努力地对待这一切，可以把自己收拾得很精神，可以像一个好不容易得到这份工作的人一样，每天都顶着笑容来上班。

　　但是他却放任自己邋遢、随便，甚至还告诉自己，没关系，做这份工作的人本该就是这样。

　　是他在看不起自己经历的这一切，看不起布料市场的廉价衣服，看不起办公室里眼睛长在头上的圆滑的老员工们。

　　是他的心态出问题了。

　　于星衍晚上回到公司分配的小宿舍里，这里条件甚至还不如北城大学的宿舍，挤在狭小的单人床上，他打开了手机。

解锁后，于星衍打开相册，点开收藏夹，看着里面的一张照片发呆。

那是他拍的许原野送给他的那本书的扉页。

好好吃饭，快点长大。

男人遒劲有力的字迹在他眼前清晰又模糊，于星衍看着看着，手机屏幕因为长时间没有被触碰熄灭了。

单薄的被子盖在身上，同宿舍的男人正在打电话和女友聊天，油嘴滑舌，很不入耳。他在这座城市里，没有人可以说话——他比以往的任何时候都更深地感受到了什么是孤独。

于星衍吸了吸鼻子，手拂过眼角。

他想问，原野哥，这就是长大吗？

他不再因为父亲没有遂自己的意愿而生气，不再任性，不再把所有心思摆在脸上。他也学会了和人讲价，学会了面对刁难时隐忍，学会了斤斤计较，学会了圆滑和场面话。

直到现在，他才面对了一点人世间的百态，尝到了一点来自生活的苦。

他终于知道，曾经那个在许原野面前叫嚣着"我已经长大了"的自己是多么的幼稚。

又是多么的天真和幸福。

118

8

两年后。

于星衍从文印室里走出来，手上抱着一沓刚刚打印好的文献，纸张温热，散发着墨香的味道。

裤兜里的手机一直在振，于星衍腾出一只手把手机拿了出来，来电显示上是刘易燃的名字。

他皱了皱眉，接起电话。

"喂，衍哥衍哥，你可终于接电话了！"

刘易燃在那边有气无力地号叫着，"我快饿死了，衍哥，能不能随便给我带点什么东西回来……"

于星衍看了眼时间，下午两点。

大三下学期的时间相对来说自由了很多，像他这种准备出国的可能会忙一点，像刘易燃这种不求高分只求及格的学生就有大把时间可以挥霍。

看他这样子，估计又是通宵打游戏直播到了现在。

于星衍淡淡"嗯"了一声。回宿舍的路上经过一家超市，他进去给刘易燃带了个面包，又给自己买了些水果。

三月份，北城的天气还没转暖，初春的凉意依旧有些浓重。于星衍裹着厚外套，一边看着自己打印的文献，一边走回了宿舍。

打开宿舍门，宿舍里只有刘易燃一个人在。

大三下学期，考研的准备考研，实习的也在找实习，只有刘易燃这个准备把直播事业做大做强的人气主播还瘫在宿舍当咸鱼。

于星衍也看过了刘易燃大二时在学业和直播间挣扎求生的样子，对于刘易燃选择了直播并不意外，毕竟做到刘易燃现在这个程度，赚的钱比循规蹈矩从实习生做起多上太多了。

刘易燃躺在电竞椅上，嘴巴张开，一副灵魂出窍的样子。

于星衍走过去，把面包抛在他的怀里，刘易燃说话的力气都没有了，朝于星衍投去一个感激的目光以后，便撕开面包就着水囫囵吃了起来。

于星衍选修了双学位，比室友们都忙碌很多，此刻回到宿舍也没空看手机上网，埋头整理起了自己打印出来的文件。

时间滴滴答答地走过，不知道过了多久，刘易燃终于缓过了劲。

他看向低头坐在桌前学习的于星衍，心里面一点嫉妒的情绪都没有了，和于星衍当了三年室友，他现在对这个男人只有一个

孤独城 *Stars and Fields*

评价，那就是"牛"。

说实话，能够自律上进成于星衍这样，刘易燃真的是自愧不如。

刘易燃本来是在外面租了房子的，但是这几天开学事情多，他便回学校住一段时间。

刘易燃随便刷了刷手机，又蹭了于星衍的几块水果，看见于星衍放下文件，似乎是要休息的样子，赶紧滑着椅子蹭到了于星衍的身边。

"衍哥，一百二十年周年校庆马上要到了，你有没有什么打算啊？"

于星衍正靠在椅子上闭目养神，复杂的公式定理在脑海中不断盘旋，被刘易燃这一打岔，他有些接不上思路，索性睁开眼不去想了。

于星衍拿过刚刚买的苹果，咬了一口，不是很感兴趣地说："怎么了？"

刘易燃双掌合十，摆出一副可怜兮兮的姿态，恳求道："到时候我会搞个校庆户外直播，不知道衍哥能不能接受出镜啊？如果不行的话，我绝对不把镜头带到你的身上。"

于星衍听到出镜，心头一点波澜都没起，说实在的，他对这些都没什么所谓了。

他这几年也不是没被偷拍过，或者说，从小到大他已经习惯了别人窥探他的生活，以前可能还会觉得困扰，但是现在，他早就不怎么看社交软件了，网络上的风浪再大也掀不到他的身边。

"你注意分寸就行。"于星衍啃了一口苹果，继续闭上眼睛思考起了刚刚的题目。

刘易燃立刻发誓道："一定不透露衍哥的任何个人隐私！"

说完，他很识趣地滑溜着电竞椅离开了。

于星衍下午没课，他把文献看完以后天已经黑了，而刘易燃早就在床上呼呼大睡过去，估计要晚上八九点才能醒。

于星衍把做好标记和备注的文献整理好放进文件夹里，打开手机开始浏览消息。

有一个来自骆祯的未接来电。

看着屏幕上的那两个字，于星衍迟疑了一秒，按下了回拨。

电话嘟嘟两声，很快就被接起来了。

骆祯的声音带着一如既往的温柔，不急不缓，带着三分笑意。

"星衍？终于看见我电话了。"

于星衍抱歉道："不好意思学长，我刚刚一直没看手机。"

"没事，和我客气什么。"骆祯语气轻松地说道，"我打给你是想说，三天后校庆我也会回来一趟，如果你明天或者后天有空，我们可以去鲜味居吃个饭。"

孤独城

Stars and Fields

于星衍沉默了一下。

似乎是察觉到了于星衍的犹豫，骆祯很快又补充道："没关系的，如果你忙，那我们校庆那天再见也可以。"

于星衍在心里叹了口气，这两年无论是学习还是生活骆祯都帮了他很多，如果他连吃顿饭都推拒的话，实在是有些矫情了。

"当然可以，学长，你定时间吧，我这几天都不是很忙的。"

两人又说了几句，这通电话便挂断了。

于星衍打完电话后彻底没了学习的心思，他站起来，走到宿舍的阳台上，北城此刻天已经黑透了，宿舍区弥漫着沐浴乳的清新香气，晚风吹拂，初春树枝抽了嫩芽，在朦胧的夜色下显得娇弱易摧。

今天天气还不错，天空辽远，没什么云朵，在这个大城市里，难得看见了两三颗星星。

于星衍想起即将到来的校庆，平时如同死水一样平静的心房也开始泛起了涟漪。

他刷了刷朋友圈，刷到了崔依依发的演出图片，在下面点了个赞。

许是看到了于星衍的点赞，崔依依很快就私聊了他。

一一：星星，不容易啊，在网络世界和你相遇了。

YXY：刚学习完，依依姐。

一一：说个事，过几天你们学校校庆，许原景和蒋寒好像会作为优秀毕业生代表回来，出来吃个饭？

崔依依毕业以后签了经纪公司，如今常驻在北城，算是出了道的艺人，平时也很忙，她和于星衍也很久没有见面了。

于星衍连续被约饭，他咬了咬嘴唇，最后还是回了个"好"过去。

都是有事情要做的成年人了，崔依依也没有多和于星衍闲聊，敲定了时间地点以后便没再回复。

于星衍站在阳台上，大脑放空。

从忙碌的学习中抽身，回到需要交际的现实生活里，他难得感到了一些焦虑和不安定。

校庆啊……

这次周年校庆好像办得比以往任何一次都隆重一些，不知道从多久之前就开始预热了，在学生会工作的室友周建南早就在宿舍里面盘点了这次邀请的历届校友，其中不乏如今在社会上很出名的大人物。

于星衍本来觉得，这和他没有关系。

但是骆祯回来了，许原景和蒋寒也要回来了……

他们离开了北城，如今又因为校庆重新要回到这里。

于星衍内心深处某个地方微不可见地颤了一下，被尘封许久的念想好像又挣扎着，忍不住冒出了头。

半晌过后，他的嘴角牵出了一抹无奈自嘲的笑容。

于星衍啊于星衍，他对自己说，别再想了。

两天后，大学城里生意最火爆的鲜味居门口依旧排着长队，于星衍绕过人群，轻车熟路地走到了骆祯预定好的包间里。

骆祯已经到了，男人穿着一件米色格纹毛衣，正在看菜单，和记忆里一样的儒雅斯文。

看见于星衍走进来，骆祯抬起头，笑眯眯地和他打了个招呼。

"星衍，你来啦。"

于星衍坐过去，倒没有拘谨或者不自然，寒暄两句过后，两人便聊了起来。

骆祯如今已经进了之前实习的投行工作，两个人能聊的话题自然是少不了。

一顿饭吃得还算愉快，间隙的时候，骆祯说出去上厕所，但于星衍知道他是去买单了，骆祯向来是这样。

于星衍坐了一会儿，烟瘾有些犯了。

他捏了捏眉心，在外套的兜里摸到了烟和打火机，推开门走了出去。

吸烟室在厕所的旁边，此刻鲜味居正是生意火爆的时候，人来人往，喧嚣热闹，于星衍穿过过道走到吸烟室，这里倒还算安静。

于星衍站在烟灰缸边，低下头，点燃了火。

烟雾弥散，于星衍夹着烟，努力地平整自己的思绪。

一根烟燃尽，他抬起头。

吸烟室对着厕所的公用洗手池，就在他抬头的那一瞬间，有个人从男厕所走了出来，在洗手池旁站定。

于星衍想要去碾烟的手在目光触及那个人身影的一瞬间僵住了。

他有些不敢置信，又有些茫然地看着那个弯腰洗手的人。

那个人穿着一件黑色高领毛衣，身姿利落，肩宽腿长。从侧面看去，鼻子高挺，双唇很薄，下颌线条锋利，看起来很俊朗，也有些冷傲。

男人看起来有些说不出的慵懒，仿佛对什么都不太在意的样子，可是直起身子的时候，又显得很挺拔高大，莫名就让人觉得，这个人可以依靠。

是他。

他来了。

于星衍的手指微颤，烟蒂已经自己燃尽了，落在了烟灰缸里。

他不敢动，不敢出声，更不敢走上前和那个人说一句，好久不见。

"星衍，你在这里啊。"

骆祯从厕所走出来，一眼就看见了在吸烟室发呆的于星衍。

他买过单后去了趟厕所，没想到出来就看见于星衍站在吸烟室里，目光看着洗手池处，表情有些恍惚。没做多想，他下意识地打了个招呼，于星衍听见他的声音，好像突然从自己的世界里被拽了出来一样，面色上居然闪过了一丝惊慌。

骆祯步子一顿，他敏锐地察觉到于星衍身上的不对劲，顺着于星衍的视线看去，他看见了洗手池旁站着的高大男人。

穿着黑色高领毛衣的男人原本正在低头慢条斯理地擦着手，此刻却因为骆祯话语里的那个名字而抬起了头。

于星衍猝不及防地和许原野的目光相遇了。

男人狭长深邃的眸子看向了他，目光幽静深沉，看不出有多少思绪在其中翻涌。

于星衍的手上已经没有烟了，他把手指蜷起攥成拳头，勉强撑起一个笑容，回应骆祯的话语。

"学长，我出来抽根烟。"

骆祯和许原野靠得比较近，他清晰地感觉到这个陌生男人身上的变化。

于星衍在许原野的注视下，一步一步走到了骆祯的旁边。

骆祯就算是再傻，也能感觉出来这个陌生英俊的男人和于星衍之间的不对劲。

他没有急着说话，只是体贴地站在于星衍的旁边，等待着事情的下一步发展。

沉默片刻，在许原野的注视下，终究是于星衍先开了口。

"原野哥，你也回来参加校庆了？怎么没和我说一声。"

许是太久没有和许原野说过话了，于星衍开口的时候，有点不知道如何筹措语言，导致话说出口的时候，便显得格外生分和客气。

许原野看着他，微微垂下了眼眸，男人的睫毛浓密纤长，但是却不翘，垂下眼眸的时候，便显得有些冷情。

一两秒后，他才重新看向了于星衍，说道："来北城有公事，不是来参加校庆的，明天就走。"

这样突兀的对话让气氛更加凝滞了。

于星衍好久没有说话的时候揪衣角了，可是这一次，他却忍不住揪了揪自己的衣角，心头涌起些久违的无措。

他不知道如何再把这段对话进行下去。况且他的旁边还站了一个骆祯，他就算是想要和许原野多待一会儿，也必须考虑别人的感受。

于星衍在心里咬了咬牙，对许原野说道："那祝原野哥工作顺利，我先走了。"

说完以后，他侧头朝旁边的骆祯笑了笑，道："学长，我们走吧。"

许原野站在原地，目送着那两个背影融入了人流里，很快就不见了。

于星衍和骆祯回包间拿完外套，走出鲜味居，两个人一路无言。

骆祯能够感受到身边的人那无法控制的复杂情绪，于星衍在他眼里一直是个喜欢伪装的人，分明内里是天真灵动的，却要层层裹裹地把这份天真灵动掩藏起来，然后摆出一副成熟老到的样子。

现在于星衍身上那厚厚的伪装好像被戳破了一个洞，露出了内里柔软脆弱的一角。

是因为刚刚那个人吗？

许原景看见许原野推门走入包间，有些意外地蹙起了眉。

比起刚刚出去的时候，推门进来的许原野整个人看起来阴沉沉的。

这是怎么了？

"哥，我不知道你喜欢吃什么，随便点了一点。"

许原野回到座位上坐下，听见许原景的话，不咸不淡地"嗯"了一声。

许原野是来签合同的，前两年完结的《荒野》在多方的角逐之下，终于拍板敲定卖出去了影视版权，收购方是北城一家老牌制作公司，在改编上给足了诚意，价格也非常可观。

恰好许原景要回来参加校庆，兄弟俩这次便一起飞来了北城。

虽然许原野并不打算参加校庆，但还是和许原景一起回了学校一趟，随便走走。一晃六年过去了，这里和他记忆中的大学城改变了不少，连鲜味居的店面也重新装修升级过了，和曾经那狭小的小店相去甚远，再翻开菜牌，许原景都不知道该点些什么。

虽然说，许原野不是没有在脑海里设想过偶遇于星衍的场景，但是当这件事真正发生的时候，他却不能像设想时那样平静。

于星衍和上次机场匆匆瞥的那眼相比又长大了不少，如今看起来倒像是个真正的大人了。

想到于星衍和他讲话时的陌生和疏离，许原野心口泛起细小的刺痛，他知道自己很不该为此感到难过，但是却有些无法自抑。

他和许原景吃完一顿饭，兄弟俩打车回酒店。

酒店是大学城内最好的一家五星级酒店，此次受邀回来参加校庆的校友们都安排在这里。

路上，许原景看了一眼一直沉默的哥哥，犹豫再三，还是忍不住提起。

"哥，你真的不约于星衍出来吃个饭？他现在肯定在学校里。"

许原野看着车窗外飞速掠过的教学楼，没说话。

许原景却有些不能理解。

这次回北城大学，许原景是很希望许原野和于星衍能约出来吃一顿饭的。

可是看起来，许原野并不想这么做。

车开到了酒店门口，就在停车之前，许原景终于忍不住说道："哥，我听说于星衍在准备出国已经申请学校了，你真的不和他吃一顿饭？"

车停了。

许原野推开车门，他没有告诉许原景自己在鲜味居遇到了于星衍的事情，迈开长腿下车，风衣随着他的动作起落。

许原景看着他的背影，叹了一口气。

他有些后悔说那句话。

酒店的大堂灯光璀璨，吊顶很高，水晶灯旋转垂下，把一切都照得那样精致亮堂。

许原野从未想过，会有人在这里等他。

许原野被叫住的时候，步子僵住在原地，他有些不敢置信地回过头。

坐在大堂沙发上的于星衍穿着一件牛角扣大衣，手紧张地绞在了一起，脸上飘着一片绯红。

这样的于星衍看起来一点都不成熟，竟然和他记忆里朝他撒娇的于星衍重合了起来，许原野看着于星衍，有种时光倒退，回到了过去的感觉。

于星衍朝他喊："许原野！"

许原野喉头微动，他捏了捏手指骨，"咔嗒"一声，脚步不自觉地朝于星衍那边迈去。

许原野不敢想象此刻自己脸上是什么表情，他只知道，当他走到于星衍旁边的时候，心已经软得不像样了。

于星衍看着他，那双杏仁眼里雾气氤氲，他对他说："许原野，和我聊一会儿，好不好。"

时间倒退回一个多小时之前。

于星衍和骆祯走出鲜味居，在骆祯的提议下，又去了旁边一家比较安静的小酒馆聊天。

骆祯无疑是个很好的倾听者，在他的引导下，于星衍居然也没有那么抗拒，挑着捡着和骆祯讲了一点许原野的事情。

关于许原野的一切，于星衍一直都埋藏在心里，从来没有和任何人讲过，就连王小川和叶铮对许原野的事情都只知道一点，现在和骆祯讲出来，于星衍就像一个脱离了回忆的旁观者，在讲其他人的事情。

他讲到他和许原野的初遇，讲到他依赖许原野的那些日子，鸡尾酒入口，过往的岁月和酒一起滚入愁肠。

骆祯坐在他的对面，静静地听着。

他看着不停喝酒的于星衍，渐渐地对于星衍和那位同样毕业于北城大学的学长之间的故事有了一个清晰的轮廓。

酒喝了一个小时，骆祯对于星衍说："去找他吧。"

于星衍看着他，就算是此刻失态，他还极力维持着自己人前沉稳冷静的样子，听到骆祯的建议后，于星衍脸上闪过一丝苦笑。

去找他……那要提起多大的勇气呢？

于星衍和骆祯告别后，站在街口吹了一会儿风，伸手拦了一辆出租车。

他并不知道许原野会去哪里，只知道这一次校庆安排的酒店是哪家，这也是大学城最好的酒店了，如果许原野要留在大学城里过夜，那应该会来这里。

他和司机说了地址，来到了酒店里。

于星衍这些年酒量提高了很多，他和骆祯喝的这点酒，远远不至于喝醉，顶多是让他气血翻涌，生出了一些无名的勇气而已。

不知道等了多久，好像又没有等多久，于星衍的视线里就出现了许原野大步向前的身影。

他一眼就看见了他。

开口叫住许原野的时候，于星衍觉得，自己好像重新变成了那个少年。

他的幼稚、冲动在这一刻全部回到了他的身上。

而许原野在听见他的声音以后顿住了脚步，回头看向了他。

男人脸上好像有掩不住的惊诧和动容，眼神里那来不及掩藏的喜悦和柔软击中了于星衍，让于星衍一瞬间眼眶就酸涩了起来。

许原野走到了他身边。

于星衍用自己仅剩的那点勇气撑着自己，说出了那句恳求。

许原野的面容在他眼前，如此清晰。他和许原野已经三年多未见了，男人好像和记忆里没有丝毫的变化，依旧英俊锋利，时光流去，在他的身上并未留下痕迹。

酒店的咖啡厅已经关门了，两个人沉默着上了楼。

酒店的电梯宽敞明亮，四面玻璃镜把人影映得重叠迷离，冷香浮动，于星衍的头愈发晕了。

到了楼层，两人迈步出去，踩在厚而软的地毯上，脚步声微不可闻。许原野刷卡打开房门，布置得精致典雅的房间里一片昏暗，他把卡插入取电器里，灯亮了起来。

套房有一个喝茶的小圆厅，许原野把椅子拖开，对于星衍说道："你先坐一会儿，我去煮茶。"

于星衍坐在椅子上，看着男人煮茶的背影，恍若隔世的感觉涌上心头，一切都显得那么不真实，如同梦幻泡影，下一秒就会破碎。

等待的时刻在这样安静的夜里被拉长了几倍，于星衍分明只在椅子上坐了几分钟，可是他却觉得，好像一个世纪都要过去了。

许原野捧着热茶走到他的身边。

于星衍不想喝茶。

于星衍看都没有看放在桌子上的茶杯，他小声地对着许原野说，似喟叹，又似呢喃。

"许原野，长大好痛苦，我不想长大了。"

许原野的存在让于星衍彻底放松下来，好像一瞬间回到了两人一起在家喝酒的日子……

晨光透过白色的窗纱，温柔而宁静地洒在地毯上，于星衍是早晨六点半的生物钟，他醒来的时候，醉酒的头痛缠绕着他。

他缓缓握起了拳头，阳台处拉着薄薄的纱帘，一个熟悉的背影正坐在阳台上，好像在抽烟。

于星衍没有出声，沉默了许久。

他想了很多，想到了两个人朝夕相处的时候，想到了自己还没有修完的学位，想到自己刚申请的大学，想到他的未来。

他知道，他有很多未完成的事。

他拿起沙发上的衣服穿上，阳台上的男人听到了声音，把烟摁灭在烟灰缸里，推门走了进来。

许原野开口的时候，声音仿佛砂纸摩擦一般粗粝。

"于星衍……"

于星衍已经忘记自己昨天晚上找许原野说了什么。

于星衍把牛角扣大衣的扣子一颗颗扣上，他的动作其实很慢，扣子只有十颗，扣起来却花了三分钟。

他微微低下头，对许原野说："原野哥，我走了。"

转身离开，好像不像想象中的那样艰难。

看着于星衍走出房间，许原野怔愣地站在他的身后。

许原野从小到大都和"不善言辞"沾不上边，但是他现在却无法组织出一句稍微完整一点的语言，表达自己的想法。

许原野坐在阳台上抽烟的时候，想了很多东西。

时间往前追溯，回忆的时候，第一幕总是从小时候住在宜城的祖宅开始的。

都说童年经历对人的一生有极其重大，甚至是决定性的影响，那么许原野在小时候感受到"爱"之前，可能先感受到的就是"孤独"。空荡荡的大房子，刻板严谨的家规，女人的高跟鞋踏在

136

136

红木地板上，来了又走。

　　许原野小学时就读于宜城最贵的私立外国语寄宿小学，但是许家并不允许他寄宿，每天一大早，许原野起床以后，迎接他的是家里阿姨做好的早饭，和站在门外等候的司机，他很早就明白了除去常态的"父爱""母爱"之外，还有一种家庭关系，是责任、义务组成起来的。

　　许蒋山对他要求严苛，必须自律、向学，不可以贪恋玩乐，也不能像其他小孩一样和同龄人一起在泥地里撒欢。可是在这些严苛要求之外，许蒋山并未付诸他同等的父爱。

　　许原野从来没有看见过许蒋山和原颜吵架，也许他们在结婚之时，可能也有过短暂的爱意或者激情，但是比这些感情更重要的事情还有很多，比如许蒋山的事业，又比如原颜所渴望的自由。

　　他们的关系看起来稳定，一个星期里许原野能和父母坐在一起吃一顿饭，饭桌上，所有人都很和睦，也会询问许原野的学习和生活。但是许原野知道，许蒋山和原颜的心里，他只占有很小的一部分。

　　人和人的关系，就像两簇迎风生长的芦苇，有些时候相依，有些时候分离。

　　许原野知道，他的父母都有一种刻在骨子里的"自私"，他们的爱只给予自己，在很少的时候，才会分一点出来，施舍给别人。

许原野在很小的时候，就已经习惯了孤独，并且开始追逐起了孤独。

他早就把许蒋山的那种自私学了十成，所以才能在离开许家的时候那样的干脆，且无所留恋。

随着年纪渐大，许原野也明白，自己这一部分的人格在某种程度上来说是不健全的、不健康的，但是他不在乎。

而这一切在这几年一点点地被打破。

于星衍的出现，在他的人生中像是一个细小的隙口，水从隙口滴过，日日夜夜地打磨，然后在某一天，隙口变成了大洞，把他留下的那间空房子填满了，甚至还涌进了他内心深处的居所。

认识到这一点的时候，许原野感觉到了痛苦。

平稳驰行了二十七八年的列车突然翻出了轨道，暴尸于荒野之上，许原野是那个惶然无措的司机，一个人坐在列车的残骸旁，看着夜空，不知道该去往何方。

于星衍长大了，他的世界不再围着他运转了，他对于星衍而言，是可以被稀释、被放弃的那一个。

他和于星衍的位置发生了颠倒，三年前，于星衍是惶恐不安的那个，如今，他却惶恐不安了起来，他看着于星衍，看着于星衍身上的无限可能的，他居然感受到了什么是"自卑"。

于星衍走了，他不敢去挽留。

许原野的心里，有一个声音在叫喊着——懦夫、怯弱者、胆小鬼！

他是。

许原野走到茶桌旁，小巧玲珑的杯子里茶水已经冰凉，他举起杯子喝下，苦涩的滋味顺着味蕾弥漫到心头。

他坐在沙发上，阖上了双眼。

长日茫茫，时光飞逝。

叶子黄了又绿，城市里人来了又去，生老病死，爱恨贪痴，日日常新，又千篇一律。

于星衍奔赴英国的那日，王小川在机场送他。在工地里受了几年苦，王小川终于减肥成功了，站在那里，除了发际线不怎么可观以外，也是五官周正清爽的一枚小帅哥。

早就对国外的伙食有所耳闻，王小川还忧心忡忡地给他塞了几瓶香菇酱，把于星衍弄得哭笑不得。

于星衍走了，告别了居住四年的北城，这个与嘉城隔了大半个华国的城市如今也成了于星衍需要怀念的故土。

如果说，于星衍经历最多的是什么，那大概就是离别。从人生的中转站不断换乘，奔赴他的下一个目的地——于星衍从嘉城到北城，又从北城去往国外，他的步子印在不同城市的地面上，渐渐地，他开始习惯一个人。

长途飞行叫人疲累，在飞机上，于星衍拿出了书本，最近他在重温钱钟书的《围城》。

里面写道："围在城里的人想逃出来，站在城外的人想冲进去，婚姻也罢，事业也罢，人生的欲望大都如此。"

于星衍不知道自己是不是在这座城里，他只知道，如果在，那这大概是一座孤独城。

云朵在窗外飘过，飞机带着他，走向了新的人生堡垒。

所有的事物都在飞速后退，而他在大踏步地向前走，他看着窗外，忍不住想问上帝，自己逃出来的时间会在哪一刻呢？

上帝没有说话，云朵也没有说话。

许原野和于星衍的人生，在短暂地相交后再次分叉，这一次不再是隔了大半个华国，而是横跨了海洋和大陆，有着漫长的时差，身处不同的国家。

命运这本书，在写下句号之前，你永远无法预测下一个章节会是怎样的情节。

星

野

9

雨淅淅沥沥地下，许原野从出租车上下来，撑开伞，走入一片雨幕里。

鞋底踩在柏油地面，平整的道路没有积水，细小的水花在脚边绽开，一路迎着他往酒店门口走。

许原野撑着黑伞，穿着一身笔挺的西装，黄昏的暮色被他甩在身后，男人的身形挺拔健硕，有着说不出来的贵气。

许氏集团二公子的生日晚宴是一场备受瞩目的交际盛会，不少人从天南地北赶过来，就是为了能够参加这场晚宴。

谁都知道许家未来的继承人会是谁，也知道这次许蒋山牵头的晚宴意味着什么，所以不少业内名人都给足了面子前来捧场。这次晚宴的邀请函可谓十分难拿。

比起十年前的嘉城，如今的嘉城已经大为不同。都说长江后浪拍前浪，十年的浪潮涌动过后，如今再在嘉城的圈子里提起许原野的名字，已经很少有人能把他和许家联系起来了。

说到许家大少，大部分人的印象都是模糊的，这个身影早就淡化在时光里，就连知情的人说到许原野，都会语焉不详地带过。

许原野只身一人走进宴会厅里。觥筹交错的宴会大厅布置得高级又奢华，乐团正在演奏歌曲，打扮得光鲜亮丽的男男女女们拿着香槟杯凑在一起聊天。

他被混杂的香水味刺激得皱了皱眉，径直走到了二楼，许是他的气场太强，侍者竟然都没有拦他。

许原景从休息室里出来的时候，正好看见上楼的许原野。

许原景和许原野两兄弟面对面站着，一个慵懒高傲，一个清冷矜贵，虽然长相并没有多像，但就是让人觉得他们大概是一家人。

见到许原野来了，许原景有些意外。

他先是看了一眼楼下的宴会厅，然后才对许原野点头致意，"哥。"

许原景作为宴会的主角穿得很隆重，西服每一寸都按着他的尺寸裁剪，让他看起来如同欧洲油画中走出来的王子一般。

许原野拍了拍他的肩膀，看着许原景的目光，不自觉有些恍惚。

星
野

Stars and Fields

　　许原景早就和他长得一般高了，如今站在他的旁边，已经再也寻不到当初高中时的青涩，许原景这几年在公司历练，身上的气质愈发成熟稳重起来，一眼看过去，周身气场比起许原野来说不遑多让。

　　许原景虽然意外许原野会来，但是他也知道，许原野是为何而来。

　　时光呼啸而过，所有人都在向前走，唯独只有许原野好像还停留在原地，守望着过去。

　　苏意难站在人群里，举着香槟，正在和旁边的女生说话。

　　女生是他在国外艺术学院的师妹，正是年轻似花朵一般的年纪，穿着一身酒红色的缎面长裙，衬得她肌肤雪白滑腻。这位叫作林雪的女生家里条件也很不错，这次来参加宴会，家里存了让她认识许原景的心思，还特意拜托了苏意难照看她。

　　苏意难和林雪并肩站着。林雪性格自由跳脱，不管什么不能东张西望的规矩，到处走走看看，走到这里时便愣神停下了，苏意难顺着她的眼神抬头看去，便看见了二楼栏杆后那两道身影。

　　林雪呆呆地看了二楼许久，才捂着嘴巴小声问苏易难："二楼那两个帅哥是谁啊？"

　　苏意难对林雪说道："左边的是许原景，右边的是他的哥哥，许原野。"

林雪激动地揪了揪她的裙摆，兴奋道："我爸和我说许原景长得好，没想到不仅他帅，连他的哥哥都这么帅！"

"他的哥哥还戴眼镜，呜呜，好斯文的感觉……完了完了，我刚刚吃了两块小蛋糕，意难哥，我的口红掉了没？我得去补下妆！"

苏意难被林雪拉着往厕所走，听着她叽叽喳喳地和他八卦着许家的两兄弟。

苏意难上了厕所出来，林雪也补了一个美美的妆，两人重新往大厅走去。

此刻晚宴已经正式开始，侍者端着托盘穿梭在人群中，身姿轻盈，乐队正在演奏悠扬的交响曲，一切都是那样的井井有条，轻声的笑语点缀着宴会厅，和翩跹的裙摆上闪动的亮光一样，精致迷人。

作为苏意难的女伴，林雪象征性地挽着他的手，圈子里的人都知道两人的关系，时不时还会有人打趣问苏意难要林雪的联系方式，一圈转下来，林雪这个话多的小蜜蜂都变成了锯嘴葫芦。

苏意难也有点招架不住，他和林雪退到甜点台旁，打算中场休息。

苏意难端着一小块提拉米苏抬起头，他的目光穿过错落有致的甜品台，触及了一群正在往这边走的人。

星
野
Stars and Fields

这群人有男有女，看上去年纪都在二十多岁，气质各不相同，但是很熟稔的样子，在一起聊天谈笑，并不像刚认识的陌生人。

苏意难先看见的是穿着一袭裸色交叉领礼服裙的女人，女人身材极好，把简单的礼服裙穿得恍若高定款一般好看，一张鹅蛋脸，凤眼妩媚，唇若樱桃，一头瀑布般的黑色直发披散下来，古典秀丽中又有种说不出来的韵味。

这是最近非常火的明星崔依依，苏意难在电视和微博上看到过她的脸。

崔依依身旁站了几个男人，正在和她聊天，其中有一个让苏意难目光一顿。

那是一个长相格外出色的男人。

和大部分人一样，男人也穿着一身黑色的西装，身板站得很直，头发胶起，露出光洁饱满的额头。他的眉浓而凌厉，眼神平静无波，一双杏眼也不显秀气，鼻梁高挺，双唇轻抿着，下颌线条消瘦利落。

林雪显然也看见了这个男人，吃着甜品，眼神里又绽出了亮光。

苏意难总觉得这个人面熟，他好像曾经在哪里见过，究竟是在哪里见过呢……

思考的须臾几秒，旁边的人群一阵骚动，随着众人的小声议

147

论，许原景走了过来。

近距离看见真人，林雪便屏住呼吸，一句话都不敢说了。

清冷矜贵的许家二少迎着众人的目光走到了那群人的旁边，然后被那个穿着裸色长裙的漂亮女人挽住了手臂。

许原景没有想到崔依依居然敢当着大庭广众发疯，眉头蹙起，冷声道："你干什么？"

崔依依眯眯眼笑着，一副狡黠狐狸样，对他说："你手臂借我用用，我广告合同明天就能过。"

许原景无语地抽了抽嘴角，他眼神瞥过脸黑成锅底的蒋寒，往蒋寒那边站了一步，不动声色地把手从崔依依那里抽了出来，然后把蒋寒推了过去。

这都过去多少年了，两个人吵架还总要拿他开涮，真是没完没了。

蒋寒和崔依依被迫站回了一起，但是两个人互相都不太想搭理对方。

崔依依目光一转，魔爪又要往正在看戏的于星衍那里伸。

许原景赶紧用眼神示意蒋寒拉住这个疯女人，蒋寒无奈地低下头，伸手扣住了崔依依的手腕。

崔依依被他扣住手腕，阴阳怪气地说道："怎么了，许家二少攀不起，我的小星星也不让我靠近啦？"

蒋寒瞬间气得七窍生烟，把手一甩，任由崔依依去了。

崔依依笑着挽过于星衍的手臂，于星衍和她是一头的，也纵容着崔依依胡闹。

"星星，你这出国几年，我怎么感觉你长高长壮了，别不是去搬砖了吧？"崔依依对比了一下自己和于星衍的身高，惊诧道。

于星衍对她解释道："我和同学一起上过拳击课，长高可能是把驼背的习惯彻底改掉了。"

崔依依"哦"了一声，又看向某个方向，意味深长地说："星星都知道去学拳击，某人呢，休息日只知道在家里——打、游、戏。"

"某人"特指在一旁气得像河豚的蒋寒。

许原景听到崔依依的嘲讽，目光掠过蒋寒的肚子，目光里带上了一点爱莫能助，在维持形体这方面，蒋寒自己作死，他也没办法。

许原景毕竟是宴会的主角，需要忙许多事情，陪了他们一会儿便走开了。

在离开之前，他又忍不住看了于星衍一眼。

于星衍和他记忆里的样子，已经是完全不同的两个人了。

于星衍和崔依依、蒋寒一样，来参加这次的宴会，也是有目的和需求的。

经由着蒋寒介绍，于星衍四处散着名片。

他刚刚回国，在于豪强的公司空降当了一个经理，正是需要人脉关系的时候，能够来参加许原景的生日宴会，这台阶已经铺得很高了。

宴会厅就那么大，蒋寒一行人和苏意难、林雪撞上的时候，两边都用微笑点头带过。

许蒋山和许原景上台讲过话，又有几位名人助场，宴会氛围愈发热烈起来。

就在这个时候，穿着一身笔挺西装的男人推着放着三层翻糖蛋糕的小推车，从备餐室一步一步地走到了舞台的下方。

此刻宴会厅里灯光不似之前那般明亮，但是依旧能把他出众卓越的身姿照得很清楚，就这短短的一段路，足以让所有人看见他。

许原野没有和许蒋山预先商量过，这位穿着中山装的严肃家长对许原野的出现感到了惊诧，但是他并没有表露出来，而是很自然地站在台上，好似本来宴会里就有这样的环节一般。

"这是谁？"

"我和你说，这好像就是那位传说中的许家大少……"

于星衍站在人群里，耳边传来窸窸窣窣的议论声。

他有些怔然地看着那个人的背影，手指蜷起，指甲掐在手心。

许原野、许原景。

时至今日，一切都被摊在明面上的时候，于星衍才恍然发现，原来当初他的直觉是对的。许原野是许原景的哥哥，情理之内，也在意料之中。不过是他那时候年纪太小，从不去深想，也愿意相信。

他没有想到自己回国后见到许原野的第一面，居然是在许原景的生日宴会上。

他们之间隔了好多的人，他站在人群中，许原野却已经走到了舞台上。

兄弟俩并排站在一起，都是那样的一表人才，叫人看了连嫉妒都无法升起。

许原景举起话筒向大家介绍许原野，许原野从乐团里借了一把小提琴，站在台上，为弟弟拉了一首生日快乐歌。

也许是时间柔软了许蒋山的铁石心肠，那个总是习惯于控制一切，高高在上的男人，看着兄弟和睦的这一幕，居然也忍不住湿了眼眶。

小提琴的声音干净悠扬，生日快乐歌演奏完，许原景吹灭蜡烛，切了一刀蛋糕，仪式便算是完满。

于星衍看见人群里有不少自己刚刚递过名片的人正在兴奋地议论着许家两兄弟的事情，探听着关于许原野的一切，他不自觉地再次把背挺得更加直了一些，好像这样，就能拥有充足的底气似的。

如果说这几年里，他没有想过再见到许原野是不可能的，但是，于星衍脑海中幻想过的那些重逢的场景，无一例外都是已经变得优秀而强大的他从许原野的身边走过。

可是，如今他站在这里，却发现，好像有些差距，天生便已经注定了。

许原野不屑一顾地将家族的重担抛给了许原景，可是他于星衍呢，却还要蹭一蹭许原景的衣角。

灯光亮起，所有人正准备开始自由活动，却发现那位神秘的许家大少还站在台上。

他俯下身，对着话筒说道："今天是我弟弟的生日，很高兴大家能够捧场，在这里，我再演奏一首曲子送给大家，希望大家今晚玩得开心。"

热烈的掌声响起，男人把小提琴架起，手捏住弓弦，静止的那几秒，光落在他的身上，像一幅质感厚重的油画。

当熟悉的乐曲声倾泻出来的时候，于星衍僵住了。

优美又有些悲伤的，那不断旋转，又飞舞着的曲调，在宴会大厅的上空回荡——是那首《爱之悲》。

十七岁，于星衍生日的那个夜晚，在嘉城新苑狭小的阳台上，男人也给他拉了一首同样的曲子，祝贺他生日快乐。

九年过去了，于星衍却在这里，重新听到了男人演奏这首曲子。

于星衍闭上眼，心里有一道高墙，把所有的旧日回忆关了起来，但是这歌声却不受控制，飘飘荡荡地越了过去。

这高墙筑得很坚固，很厚实，可是，终究还留了一条缝。

等待着歌声，也等待着光。

宴会过后，大城市里最普通无奇的一天。

电梯到了负一层，于星衍走到车库里，周叶朝他鸣了一下笛，于星衍打开车门进去，坐在副驾驶位置上的女人转过头和他打招呼。

"星衍是吧，总是听你舅舅提起你，第一次见，我是许笑，叫我笑笑姐就可以。"

和他主动打招呼的女人长了一张非常温婉清秀的脸，和于星衍记忆里周叶喜欢的类型大相径庭，说话的时候也不紧不慢，语调非常的温柔。

于星衍礼貌地和她打了招呼，叫了声笑笑姐，周叶在旁边瘪瘪嘴，不爽道："叫什么笑笑姐，叫舅妈。"

于星衍很轻易地从周叶的表情和声音里感受到了那种溢出来的甜蜜。

有些久违的，于星衍嘴角牵出了一抹发自内心的笑容。许笑听到周叶的话，嗔怪地打了一下男人的手臂，两个人看起来和谐又美好。

时间过得真快，记忆里总是没玩够的舅舅也要结婚了，于星衍想了想周叶和许笑手挽手步入婚姻殿堂的场景，觉得这大概会是很美的一幕。

周叶和许笑的结婚典礼定在下个月的十号，据说是算出来的好日子，于星衍回国恰好赶上。

车开出车库，车窗外是阳光照耀下的嘉城市景。这几年嘉城又起了几栋高楼，直耸入天的楼宇鳞次栉比地排列着，玻璃窗户反射着光芒，车流从高架桥上穿过，恍如置身于一座巨大的钢铁森林里。

一路上许笑掌控着聊天的节奏，她虽然语速不快，但是聊起来以后，和于星衍谈的东西着实不算少，没过多久，于星衍和她之间那点陌生的隔阂感就消弭殆尽了。

聊到嘉城最近发生的大小事，许笑不可避免地聊起了和她同姓的许家的事情。

"我上个月见到了许家二少，确实是很帅气，很有气质，听说星衍你和他是一个高中的？"许笑问道。

于星衍点了点头，"是我的学长，以前是一个社团的。"

许笑只是和他闲聊，并没有打探许家八卦的欲望，所以话题没有深入下去，在许家的两个儿子身上打了一个旋儿，便绕了开来。

纵使许原野是以"许家大少"这样的代称出现，周叶的心还是不自觉地吊了起来。

他从后视镜里瞟了一眼于星衍的神色，好在并没有在自己外甥的脸上发现任何异常的神色。

周叶在心里叹了一口气，害怕许笑再聊起关于许家的任何事情，主动把话题揽到了自己身上，很是要了一番活宝，引得许笑没有心思再去和于星衍聊天。

三个人吃完一顿见面饭，许笑和于星衍交换过微信，站在路边等待周叶把车开出来。一边等待，许笑一边翻阅于星衍的朋友圈，看到某一条时，许笑有些惊喜地"呀"了一声。

"星衍，你认识骆祯呀？"

于星衍走路的步子一顿，他"嗯"了一声，转头看向许笑。

许笑满脸都是世界真小的感叹，她对于星衍说道："骆祯可是我小时候住在隔壁的弟弟呢，我只知道他也在北城大学读书，没想到你们居然认识。"

于星衍也没想到事情会这么巧，他面色平静地对许笑说道："骆祯学长在大学的时候很照顾我，只不过我出国以后联系就比较少了。"

许笑似乎是想起了小时候骆祯的样子，有些怀念地眯起了眼，道："那时候骆祯还是很活泼的，喜欢踢皮球，还总是把球踢到我们家的花园里来。不过他高中的时候就搬走了，我也只有他的微信，好久没说过话了，上次过年的时候远远见过一面，好像变得成熟稳重了许多。"

听到许笑回忆里的骆祯，于星衍有些无法想象那个待人处事滴水不漏的学长是如何把皮球踢到邻居家的花园里的。

许笑眯着两弯月牙眼，道："那给骆祯的结婚请柬就麻烦星衍你去帮我递了？"

于星衍点头应下。

许笑满意地转过头，继续看手机。

周叶开车出来载上他们，往南山花园开去。

这一次除了带许笑见一见于星衍，周叶也要带着她去见一趟于豪强，虽然于豪强已经再娶，但是毕竟还有于星衍这个纽带在这里。

如今于豪强五十多岁，开始惜命了，和以前成天大鱼大肉，喝酒抽烟不同，现在搞起了养生，回家的时间也比以前多了，和王菁菁一片和谐，并没有像于星衍高中时想象中的那样很快就离婚。

他们到南山花园的时候是下午茶时间，王菁菁围着围裙正在厨房里烤曲奇饼，于豪强则坐在书房里写毛笔字——这是他最近新发展出来的爱好。

于星衍刚回国的时候还在心里好笑地想，没想到连于豪强都转型了。

大人们聊天总是枯燥无味的，几个人坐在一块，吃了点王菁菁做的曲奇饼，喝了几盏茶。

于豪强非常自得地给大家展示了他最近的墨宝，洒金的宣纸上几个疏狂大字，虽然结构稀疏，但是甩笔的潇洒还是有那么点豪气在的，不知道其他人怎么想，反正于豪强自己很满意。

许笑长了一张温婉清秀的脸蛋，说话可信度都比别人高上三分，她几句马屁拍下去，把于豪强那是拍得飞上了天，直夸周叶这个媳妇找得好，王菁菁便笑着坐在旁边附和。午后的阳光从屋外洒进来，把铺着蕾丝桌布的小圆桌照得金灿灿。

于星衍安静地坐在一边，看着这一幕，居然产生了岁月静好的错觉。

可惜这种错觉很快就被打破了。

于豪强夸完许笑以后，眼神便落在了于星衍身上，他心里对自己这个优秀的大儿子自然是哪里都满意，但就是从不见他找女朋友，这让于豪强有些着急。

"于星衍，上次我和你说的曲叔叔家的那个姑娘，你怎么没有去见啊？"

这种大家长式盘问从于豪强嘴里说出来，于星衍终于感觉自己熟悉的那个父亲回来了。

他温顺地垂下眼眸，道："没约成。"

于豪强被于星衍这副油盐不进的样子气得拍桌子，那张墨宝被他拍得皱了一块，可怜兮兮地垂下了桌面。

"没约成，又是没约成，你还有没有点别的借口？我也不要求你找一个像你舅妈一样优秀的女朋友，你好歹带一个回来给我看看啊？"

于星衍扯过周叶的虎皮挡枪，道："这段时间我还是想专心做事业，像舅舅一样三十五岁再找也是可以的。"

周叶苦兮兮地坐在于星衍的旁边，被于星衍拿来当借口，还要帮于星衍说话，附和道："是的，不着急，衍衍现在还是专心工作比较好，谈恋爱太分神了。"

于豪强又不是傻子，哪里听不出来于星衍在敷衍他，但是毕竟于星衍年纪也才二十五，他不好催得太急，又说教了几句，这个话题好歹被绕了过去。

结束下午茶，周叶和许笑起身告辞，于星衍被于豪强留下来过周末，便送他们到花园。

花园的藤萝架下，许笑在远一点的地方拍照，于星衍和周叶各自点燃了一根烟，舅甥俩沉默地面对着面，好像一切都在不言中，时间悄悄流逝，周叶心里十分感叹自己原来身边嗷嗷叫的小外甥如今也成熟稳重了。

周叶的婚礼办得如同于星衍想象中的那样美好。

因为嘉城处在雨季，所以婚礼选址在酒店内，现场布置走的是清新风，到处都点缀着新娘最喜欢的栀子花，白色的花朵在绿叶间显得那样的纯洁娇嫩，落地玻璃窗外天空湛蓝，阳光洒落在光洁的大理石地板上，一切都通透而明亮。

　　看着穿着婚纱，脸庞泛着红晕，格外美丽的许笑和说话都激动到打战的周叶在台上拥吻，于星衍在真心祝福之余，难免感到了一丝怅然。

　　这天老天爷十分赏脸，并没有下雨，婚礼非常美满地收场了。

10

　　隔日，台风降临，嘉城下起了连绵将近一个月的雨。一开始到处都被狂风吹得凌乱极了，不少地势低洼的路段都被雨水淹没，导致车辆不得不绕行，堵车愈发严重起来，后面半个月情况稍微好了一点，但是空气里弥漫的泥土腥味依旧让人感到难受。

　　就是在这样糟糕的天气里，于星衍完美地完成了自己回国以后的第一个项目，并且小小地出了一次名，在这次项目之后，于家的这位小于总终于逐渐走入了大家的视野。

项目圆满结束，于星衍对着自己手下的组员没什么架子，和大家一起吃了一顿痛痛快快的庆功宴。

这些年嘉城新开了许多餐厅，但是人气最旺的依旧是老牌服务好的 NULL 餐厅，于星衍订了一个位置，一群年轻人坐在一起拼酒聊天玩游戏，气氛火热极了。

于星衍手下这个小组里的组员都是于豪强给他精挑细选的，大家对于星衍未来接班人的身份都心知肚明。一开始他们还有些担心于星衍会有少爷脾气和架子，私下难免议论，但是几个月相处下来，大家发现于星衍虽然不爱说话，但是其实并不是个喜欢苛责下属的人，这才放开了来。

游戏无非就是那几个喝酒常玩的，借着酒劲，有些平日里不敢探听的八卦也被问出了口。

于星衍玩了几轮，回答了诸如"有没有女朋友""喜欢什么类型的女生"的问题，虽然他的回答都很简单，但是依旧满足了在场员工的八卦欲望。

NULL 里的驻唱乐队换了许多，如今这个乐队于星衍并不认识，他靠在沙发上，端着酒杯，安静地看着乐队表演。

最近好像流行电子音乐，乐队唱的歌词含糊不清，节奏鼓点飘忽离奇，于星衍不是很能够欣赏，听了一会儿，便觉得无趣。

于星衍不知道，自己侧着头看舞台的样子落入在场的女组员眼里，引起了她们的一阵窃窃私语。

　　这位留学回国的小于总还没就职的时候，就已经在工作群里被传出了花，但凡知道关于于星衍一点细枝末节的人都往里面添油加醋，再编出一个故事说给大家听。在故事里，不管于星衍是什么性格，如何为人处世，只有一点是统一的，那就是长得好看。

　　于星衍高中、大学时候流传的照片也被扒出来放在了群里，导致几位女组员对于星衍的颜值抱有了极大的期待，而让她们没想到的是，见到真人以后，期待不仅没有落空，反而还被超越了。

　　就如同此刻，看着舞台的于星衍，侧脸精致好看极了，纤长卷翘的睫毛上落着迷离变幻的光，挺拔的鼻梁线条优美，嘴唇上的唇珠给这张脸又增添了几分说不出的性感。

　　可惜，这是一朵高岭之花，只可远观不可亵玩。

　　在工作上，于星衍并不是个难办的上司，但是在工作外，于星衍无疑是个让人无从接近的人，就算他会和大家一起吃饭出来玩，也会回答一些无伤大雅的问题，但是所有人都看得出来，这位小于总能给的社交余地，也就这么多了。

　　于星衍没有注意女组员们的窃窃私语，他收回看向舞台的目光，又喝了一口酒。

　　他看了眼时间，打算再待十分钟就走。

　　一个项目结束，不代表他就空闲了，于星衍手上还有太多需要忙碌的事情，并不能把夜晚的时间全部都挥霍在这种地方。

于星衍离开 NULL 餐厅的时候，夜色已经很深了，他告别了自己的组员，独自一人打车回了自己公司旁边的公寓。

位于中央商务区的高楼顶层的公寓有一面巨大的落地窗，站在落地窗旁往下看，嘉城的夜色格外繁华耀眼，星点的灯光连成海洋，人们在这座大城市里为生计奔忙，熔成自己意想不到的模样。

于星衍站在落地窗前，给自己倒了一杯烈酒，冰块放在杯子里，醇黄色的酒微微荡漾，吞一口入喉，灼烧感升腾起来，于星衍闭上眼，努力地稳定着自己的心神。

在他压力最大的时候，只能去打拳发泄，出一场大汗，只有累得无法思考地躺在拳台上，昏昏沉沉，灵魂飘到空中，那份焦虑感才能减免一二。

许原野的新书发布在和于星衍相遇的一周后。

同时，《荒野》同名电视剧也在这一周开播了。

于星衍去公司上班时，时常能够听见休息时有人在工位上看这部由如今当红小生周诺主演的电视剧。时间久了，组里甚至有几个女下属还在办公室里大肆追起了叫什么"星野"的搭档组合。

于星衍并没有去搜寻任何关于这部剧的消息——他已经很久没有看过许原野写的小说了。

只是听见"星野"两个字，他难免会有一时恍惚。

于星衍到家的时候，已经是晚上八点，公寓是统一的轻奢北欧风格，他从柜子里找到一个能装花的玻璃瓶，把买来的花束插入瓶子里，放在了茶几上。

他也不知道自己怎么会在街边看到满天星花束的时候，就买了一束，还带回了家。

没有人气的公寓里放上一束花，便显得多了几分生活的烟火气。

于星衍洗了个澡出来，手机里收到了来自骆祯的消息，询问他什么时候有空，可以一起去吃附近新开的一家牛肉火锅店，于星衍擦着头发，没有立刻回复。

他坐在沙发上，看着玻璃瓶里的花朵，发了一会儿呆。

他突然不想处理带回家的数据，也不想面对手机里骆祯发来的消息，他想了想，难得地打开了公寓里的电视。

于星衍和高中的时候不一样，他已经很久没有打游戏看电视了，繁忙的工作把他的时间挤占得分不出一点时间给这些娱乐。

于星衍漫无目的地调了几个台，在一个频道停下。

占了半个墙面大小的电视里播放着最近很火爆的电视剧《荒野》，于星衍在办公室同事的闲聊中听过很多次，但是自己还是第一次看。

这好像是重播，才播到第十集，画质极好的屏幕上，当红小生周诺作难民打扮，一身破烂的麻布衣服，但是依旧难掩帅气英俊，他正匍匐前进在无际的雪地里，身上背了一个纤瘦的少年。

于星衍下意识地想，这是封野带简星走出大荒原的那一段剧情。

他的视线不自觉地胶着在屏幕上，看着封野和时睡时醒的简星在大荒原里逃生，手指攥紧。曾经他幻想过无数次的画面被拍出来了，制作也很好，想来许原野应该很满意吧？

怎么又想到许原野了。

于星衍皱起眉，摸到电视遥控器，一下子把屏幕摁灭了。

客厅重新恢复了寂静，于星衍的视线掠过那束浅蓝色的满天星，又看到了茶几上亮起的手机。

看他许久没有回消息，骆祯又发了一条过来。

LUO：星期六下午五点，我在你公司楼下等你。

于星衍咬了咬嘴唇，拿起手机，把屏幕解锁，手指放在键盘上，缓慢地敲下一个"好"字。

正打算把消息发送出去，门铃响了。

于星衍的动作一滞，他有些疑惑地转头看向门口的方向，这栋公寓管理严格，外卖都需要在楼下取，更何况他并没有点外卖。这个时候谁会来找他？

是王小川？叶铮？还是崔依依又和蒋寒闹脾气心情不好了？

崔依依倒有可能，毕竟前几天她才和于星衍诉过苦，以她的性格，不说一声就来也是正常的。于星衍把手机放在沙发上，站起身，往公寓门口走去。

　　知道他住在这里的人并不多，于星衍倒没有另做他想，他打开门的时候，都已经准备好看见崔依依提着高跟鞋怒气冲冲的样子了。

　　谁知道，一个于星衍预想中本不该出现的人，却在晚上九点钟，出现在了他家的门口。

　　许原野穿着于星衍记忆里常穿的灰色圆领针织衫，宽松的家居裤，甚至脚上穿的还是拖鞋，站在他的门前。

　　男人的胡茬已经刮过了，一张脸清爽干净，头发应该也重新弄过造型，还是那么俊朗帅气。

　　于星衍震惊地看着许原野，一时之间不知道该问些什么，倒是许原野伸手撑住了他的门，自然地对他打了个招呼。

　　"你好，我是你对门的新住户，我叫许原野，今天刚搬过来。"

　　于星衍的眼睛都瞪圆了。

　　许原野看着站在自己面前的于星衍，刚刚洗过澡的样子，穿着睡衣，头发还没来得及吹，半干不干，有几缕还湿漉漉地黏在颊边。

　　于星衍此刻看起来显得很小，那瞪圆的杏眼里是无法遮掩的惊诧，显得格外地亮，就如同许原野第一次和他见面时一样，只不过这次，是他站在门外，于星衍站在门内。

时间好像在这一刻倒流了，在倒流的时候，还发生了错位。

于星衍看着许原野对他笑，笑得那样开心，就好像这样站在他的门口和他打个招呼，是人生中多么美妙的事情一样。

许原野手里拎了一个保温桶，他把保温桶递给了于星衍。

"这是我今天做的糖醋小排，没什么见面礼，只好请你尝尝我的手艺。"

于星衍感觉自己要疯了。

他有些蒙地接过保温桶，眼睁睁地看着许原野转身打开了对面房间的门，走了进去。

耳旁好像响起了一声清脆的钟声，提示着他，命运的齿轮又要开始转动了。

他关上门坐到餐桌前，打开保温桶，糖醋小排的香味扑鼻而来，于星衍看了一会儿那盘色泽诱人的糖醋小排，又把盖子盖上，手机还放在沙发上，那个"好"字迟迟没有发送出去。

第二天，一个普通的工作日。李颐赶到了许原野的公寓，带了一堆东西，还有一只狗。

许原野简略和他讲了讲昨天发生的事情。

"所以，你终于去敲人家的门了？"李颐坐在许原野新租的公寓的沙发上，看着眼前这个别扭得不行的男人，发出了恨铁不成钢的诘问。

许原野没想到自己还能有被李颐教育的这一天，他点了点头，额头挂着几条黑线，看着在自己脚下不停乱拱的那只金毛狗。

"不是吧野哥，你这么慢怎么可能和他重新做朋友呢？搬来的第一天不就应该去敲门了吗？"

李颐头头是道地分析着"战况"，"你看，敲门借点盐，借个洗衣液再借个盘子，不行吗？有借有还，一来二去，不就有希望了吗！"

许原野按住拱自己腿旁边的狗头，冷静地说道："请你不要乱用词语，还有，请你给我解释一下，这条狗是怎么回事？"

李颐简直要被许原野这不开窍的脑袋气死了，"野哥，狗是什么，是助攻啊，我还特意割爱把我家小豆借你，你到时候看准于星衍什么时候回公寓，准时带着狗下楼去遛，偶遇不就成了吗？有狗狗在，化解一切尴尬。"

许原野被这只叫作小豆的金毛疯狂舔手，他从小到大都没有养过动物，这么闹腾这么有活力的金毛，有点应付不过来。

许原野艰难地把狗头扒开，"于星衍开车直接到车库，在楼下一般遇不到。"

李颐恨不得敲开许原野的脑袋把自己这些年的社交秘籍全都塞进去，他手舞足蹈地强调道："你完全可以找一天拜托于星衍帮你遛狗啊，我的老天爷啊，这难道不比你偷偷给于星衍送饭强，野哥，你以为你是中华小厨娘吗？"

　　许原野听到他的话，神色怔愣了一瞬，他低下头，小豆还在他的脚边打转，和他目光对视以后，便傻兮兮地冲他哈气，虽然显得不是那么聪明，但是却让人的心情变好了一点。

　　许原野听着李颐在那滔滔不绝地说着自己的交友宝典，想了想这些天自己做的事情，无法否认，他确实不是那么主动。

　　那天他去参加许原景的生日宴会，借着这个机会，在所有人面前给于星衍拉了一首曲子，那时候，他总觉得，于星衍能够懂得他借着这首曲子传递他想和好的意愿。

　　他摸了摸小豆的头，许原野对李颐说："你把带过来的东西留下吧，顺便告诉我照顾小豆应该注意一些什么。"

　　李颐说了半天说得自己口干舌燥，听到许原野松口，感动到不行，完全忘记了借出去的是自己的狗。而坐在地上和许原野玩的小豆，也对自己身上即将要负担起的艰巨任务一无所知。

　　中午午休，于星衍按照惯例打开送到自己办公室的快餐盒吃了两口，却发现今天的这份配餐变得难吃许多。明明是差不多的快餐盒，打开以后吃下去的味道却和前几日完全不同，他随便扒拉了两口，便把快餐盒推到了一边。

虽然今天快餐盒里的配菜有糖醋小排，但是味道做得"不伦不类"，不甜也不酸，让人难以入口。

于星衍有些疲惫地捏了捏肩膀，靠在办公椅上，视线掠过放在桌面一角的保温桶。昨天晚上那份糖醋小排的滋味仿佛还留在舌尖，与今天的形成了鲜明的对比。

早上出门的时候，于星衍本来想敲开对面的门把保温桶还回去的，可是站在门口又犹豫起来，纠结了半天，最后还是把保温桶带到了办公室。

今天晚上回去一定要把它还回去，于星衍在心里想。

他拿起一份报表，看了一会儿，又有些烦躁地把它摔在了桌子上。

许原野跑来租他对面的房子，到底是什么意思？

于星衍本来极力避免自己再去想这些事情，但是许原野这样突然搬到了他的对面，让他无法不多想，无法视而不见，保持冷静。

难吃的配餐让人心情无法愉悦，顶着低气压工作了一个下午，于星衍下班的时间比往日都早了一些。

他带着一堆还没有做完的工作回家，还没有忘记把保温桶也拎上。

今天的路况一如既往地差，短短十分钟的路程走了半个小时，回到公寓的时候，天已经彻底黑透了。于星衍一只手拎着公文包，一只手抱着保温桶坐电梯到了十八楼。

往左转，于星衍走过一间又一间门牌，再左转，站在通道口，看见了一个牵着狗的男人站在走廊上，那个背影分外眼熟。他下意识地往通道口的侧边站了一点，让墙把自己的身体挡住，只探出一小半头往外看。

只见那个牵着狗的男人在那一段走廊上来回踱着步，走过去又走回来，仿佛，大概，貌似……是在遛狗？

于星衍眨了眨眼，看着那只金毛跟在男人身后摇着尾巴，而男人眉头紧锁，一副苦大仇深的模样。

许原野……这是在干什么？

于星衍站出去的时候，特意把脚步踩得重了一点。

许原野几乎是在听到他脚步声的那一瞬间抬起了头，和于星衍对视的时候，又很不自然地撇开了，于星衍看见他半蹲下身，弄了弄金毛脖子上的项圈，还装模作样地对着金毛说道："小豆乖，我们现在下去散步了，等下不要吓人，知道吗……"

于星衍手里抱着那个早上没能还回去的保温桶一步一步地走了过去，心里掠过了一长串省略号。

小豆看见于星衍，朝他叫了两声，好奇地就要走上前去闻于

170

星衍的味道。许原野根本就不阻止它，还被小豆牵着往于星衍那边走了几步。

于星衍和许原野被迫面对面站在一起。

从昨天送了一回糖醋小排以后，两个人这是第二次见面，这次见面仿佛比上次还要尴尬。

于星衍看了一眼可爱的金毛，又看了一眼装得滴水不漏的许原野，心里本来还烦躁得要命，现在却被许原野弄得有点哭笑不得了。

他收拾了一下自己的情绪，把保温桶递给许原野，"谢谢你的排骨，很好吃，不过下次不用送了。"

许原野接过保温桶，感觉有点不对，于星衍明明是刚回来呀，怎么会拿着个保温桶？

他装作听不见于星衍的那句"下次不用了"，拿着保温桶，另一只手上的牵引绳直接往于星衍那边递过去。

"好吃就行，帮我拿下牵引绳，我进去把保温桶放了。"

许原野的动作实在是做得太自然了，于星衍都还没来得及拒绝，牵引绳就已经被塞到了他的手上。

许原野房间的门开了又合，于星衍呆呆地站在走廊上，和小豆大眼对小眼，一人一狗，相对无言。还是小豆主动朝于星衍"汪"了一声，然后蹭了蹭于星衍的裤脚。

于星衍看了它一眼，怜惜地蹲下身，摸了摸小豆的头。也不知道被许原野带着在走廊里转了多久，太可怜了。

小豆和许原野成了公寓楼下新的一景。

住在九湖公寓的人多是在附近上班的年轻一族，上下班的时间比较一致，有闲空遛狗的人少之又少，所以每天下午准时在小区不大的花坛附近遛狗的许原野，迅速成了女性们的话题讨论中心。

许原野在拒绝了不知道多少个要微信的女生以后，都快打算放弃自己的遛狗计划了。

于星衍回公寓的时间有时早有时晚，有时开车有时打车，许原野根本捉摸不透，反而给自己惹上了一身的桃花。

星期六下午，于星衍走出公司写字楼的时候，脑子里根本没有想起来还有一个约没有答复。

这些天他光顾着和许原野斗智斗勇了，出门之前都要在猫眼里先看一看有没有牵着狗的许原野站在门外，实在是有些心力交瘁，所以看到骆祯站在写字楼外的时候，他第一反应是惊讶，然后才想起来，骆祯好像约了他吃饭。

人都已经站到自己面前了，于星衍有些骑虎难下的尴尬，他看着风度翩翩的骆祯，拒绝的话又说不出口，只好坐上了骆祯的车，一起前往骆祯所说的那家好吃的餐厅。

一路上，骆祯和他闲聊了一些工作上的话题，于星衍努力让自己把尴尬的情绪消化掉，可惜心神总是有些恍惚。

　　于星衍没有想到，骆祯开车驶向的目的地居然是一家自己很熟悉的店。

　　于星衍从车上下来，看见了隐厨雅致的招牌掩映在竹林后面，骆祯为他带路，穿过竹林小道走到隐厨门口，于星衍有种时光交错的恍惚感。

　　隐厨的装修一直没有改变，上高中的时候是什么模样，现在依旧是什么模样，顶多是经过这些年风雨的摧折，隐厨的木制门匾有些磨损褪色了，但是和记忆里的模样依然能够重叠起来。

　　他和骆祯走进隐厨。隐厨店内放着安静的古琴曲，服务员往来的脚步都很轻，环廊中间的池水里开着荷花，亭亭玉立，清香飘来，和食物的香气混杂在一起，把人胃里的馋虫都勾了出来。

　　骆祯和他走到环廊临池的座位坐下，餐前甜点已经上好，服务员站在桌边等候，这倒是和于星衍第一次来的时候不是那么相似了。

　　"我早就听说这家店是嘉城最好吃的私厨之一，也不知道你有没有来过。"

　　于星衍用温毛巾擦了擦手，道："来过几次。"

　　他垂下眼，旧日的画面浮现在脑海里，原来他的高一已经是那么久以前的事情了。

隐厨的饭菜一如既往好吃，和骆祯聊天也如同以前一样舒服。

两人吃过饭，坐上车，于星衍报了返程的地址。他今天喝了两杯隐厨自酿的桂花酒，颊边染上了浅浅的红晕。

晚上七点半，车开到了公寓路边的停车位上。

于星衍从骆祯的车上下来，骆祯把车上了锁，走到他的旁边，道："听说这边夜景不错，一起走走吧。"

公寓后面便是南川江的江畔，绿化做得很不错，小酒吧也挺多的，是个非常适合年轻人生活的地方。

两人走了一会儿，看于星衍一直在发愣，骆祯试探着开口问道："星衍，你最近……是遇到了什么事吗？"

于星衍正在听走在前面的几个女生讲话，闻言赶紧收回了注意力，回答道："没有，为什么这么问？"

骆祯道："感觉今天见你，和上次见你的时候，状态有些不一样了。"

前面几个女生的聊天声不断飘入于星衍的耳朵里，于星衍一边听着骆祯说话，一边听那几个女生说话。

"是这个点吗？帅哥真的会出来遛狗？"

"绝对会，下午五点和晚上七点钟，在这个地方走一圈，绝对能撞到那个帅哥！"

于星衍听到帅哥和狗两个字，脚步一下子就凝滞了。

发现于星衍不动了，骆祯有些奇怪地回头看他，问道："怎么了？"

于星衍捏了捏手指，在心里想，应该不会这么巧吧？

他暗暗稳定了一下心神，摇头道："没什么，走吧。"

两个人继续迈开步子向前走，公寓前的花坛不大，绕过半个圈，再直走，就可以走到公寓后面的临江道了。

小豆拉着许原野冲过来的时候，谁都没有预料到，只有那两个女生眼睛一亮，互相拍了拍对方，拿起手机对着奔跑的帅哥和狗就拍了起来。

小豆这些天和于星衍总是在电梯、楼道口"偶遇"，早就熟悉了于星衍身上的味道，它特别喜欢这位对门的邻居，有几次许原野差点和于星衍擦肩而过的时候，都是小豆先发现了于星衍并且朝他冲过来的。

这次也不例外。

路灯明亮，地砖排列齐整，公寓旁的绿化做得精致好看，朝于星衍奔跑过来的金毛犬吐着舌头，可爱又有些憨，而拉着绳子，被它带着跑过来的男人成熟俊朗，身姿挺拔，和于星衍目光对视的时候，没有半分的不自然。

许原野就这样突兀地站在了于星衍和骆祯的面前。

就在大家谁也不说话的时候，住在附近的老人笑呵呵地带着小朋友路过，小朋友看到小豆，兴奋地大叫了一声。

"小豆！"

小朋友迈着小短腿，扑到了小豆的身上，身后的老奶奶也不阻止他，显然是早就和小豆玩熟了。

她抬起头，慈祥地和许原野打招呼。

"原野啊，又下来遛小豆了啊？今天这是第三趟了吧？"

许原野尴尬地拉了拉绳子，看了眼对面的骆祯，说道："小豆精力比较旺盛。"

老人赞叹地附和道："那也是你体力好啊！我儿子和你一样大，啤酒肚大得跟怀了三个月似的！哎呀！到了三十岁，就不爱运动了，怎么说都不管用！"

心口被插了两刀的许原野好不容易应付完老人，转过头的时候，看见被小豆扒着不放的于星衍垂着脸，明亮的路灯在他的头顶洒下一圈金光，好像是被逗笑了。

那个笑容浅浅的，带着几分促狭和忍俊不禁，是那么自然。

于星衍送走骆祯后上楼，果不其然看见了站在他家门口等他的许原野。

男人蹙着眉，不理在他脚边打转的小豆，不知道在想些什么。

176

本来于星衍上楼的时候还有点生气，但是一看见牵着狗站在他家门口的许原野，又想起了在楼下时滑稽的"偶遇"，便生出了几分好笑和无奈。

这几年时间过去，许原野怎么和他想得不一样，变成了这样一副无赖的样子呢？

本来想开口告诉许原野不要再在楼下守株待兔了，没想到刚走到许原野旁边，许原野就先发制人地质问了起来。

许原野看着他，神色很认真地问道："你难道不知道我在干什么吗？"

不好的预感在于星衍的心里升腾起，于星衍下意识地往后退了一步，想要逃离许原野的视线。

他的声音在这个寂静的走道里显得那样清晰，于星衍避无可避地把他的话听进了耳朵里。

气氛凝滞的那两秒里一切都被拉长了，是小豆的叫声打破了这仿佛被按下暂停键的场景。

于星衍猛地回过了神，他一把推开许原野飞速地按下指纹打开门锁，在关上门的那一刻，他看见许原野站在门外看着他，高大的身影显得有些落寞。

砰！

门被关上了。

于星衍走到冰箱旁，拿出两瓶冰啤酒，走到落地窗旁坐下。

俯瞰着嘉城的夜景，于星衍喝着冰啤酒，思考着要如何面对现下这乱七八糟的一切。许原野的样子在他的脑海里频繁出现，于星衍仰着头，感受着冰啤酒顺着喉管滚入胃里。

于星衍喝啤酒喝得很快。这些年他的酒量早就已经练出来了，再也不是当年那个喝一瓶就会醉醺醺的小孩子了。

他不知道自己有几分理解许原野当时的做法，但是他其实知道如果没有许原野或许就没有今天的于星衍。

于星衍把空酒瓶放下，扯了扯睡衣领子，解开了第一颗扣子。他打开房门，踩着棉拖走了出去，摁响了对门的门铃。

夜还不算很深，许原野开门出来的时候，神情里带着不可遮掩的惊诧。

他身上的烟味很浓，于星衍想，是回去以后一直在抽烟吗？

"于星衍……"许原野的嗓子有些沙哑，他看着站在自己面前的男人，一时间有些愣神。

于星衍扬起了头，看着许原野，"陪我喝酒……"

许原野想起自己第一次和于星衍一起喝酒时，他一脸痛苦吐槽啤酒太苦的样子，心中软了软，"好，陪你喝酒，小朋友……"

于星衍没有回应，许原野也没有再问。

两人坐在一起，一杯啤酒下肚，于星衍突然觉得，自己的一切好像都完整了，再也没有空缺的地方。

这天晚上于星衍是在许原野家睡着的。

睡过去的于星衍皱着眉，看起来有些呆，没有白天的半分威严。

翌日，于星衍从床上坐起来，揉了揉太阳穴，环视了一圈许原野的房间。

许原野房间的风格和记忆中的差别并不大，除了书桌上堆了小山高的书以外，没有什么生活气息，显然搬过来的时间不久。于星衍在床边看见了一双棉拖，他踩着拖鞋推开房门往外走，闻到了一股浓郁的咸骨粥的香味。

于星衍走到客厅，想看一眼时间，这才发现自己昨天晚上过来的时候好像连手机都没带，也不知道现在是什么时候了，他隐约记得，自己今天好像还约了人要见。

他正打算不管三七二十一直接开门走人时，许原野却端着碗从厨房走了出来。

男人没穿上衣，只穿了一条条纹睡裤，露出了精壮的胸膛，汗水从他的颔边滑落，手中的瓷碗里盛着满满的咸骨粥，鲜香扑鼻。

于星衍被这诱人的香味勾得脚步一顿，他转过头，目光直直地撞上了裸着上半身的许原野。

于星衍尴尬地后退一步，也不知道为什么许原野突然走这种狂野路线了。

许原野把粥放在桌子上，看向他的目光有点可怜巴巴的。

"这就要走了吗？"

男人的声音还有些哑。

于星衍吞了口口水，腹稿里准备好的说辞被堵在了嘴边，他有些适应不良地退后了一步，虽然馋虫被那碗咸骨粥勾了起来，但是他还是决定走为上策。

这下连应付的话都不想说了，于星衍按下门把手，头也不回地就想往外面走。

"小豆！"

许原野的喊声在于星衍的耳边响起，于星衍往外迈开的脚被一股力量拉住了，于星衍低头一看，小豆不知道什么时候蹿出来蹲到他的脚边，死死叼住了他的裤脚。

忘记了还有一条狗。

逃脱失败，于星衍在许原野和小豆的双重夹击下被迫回到了餐桌前，而于星衍最后的倔强大概就是无论许原野说什么，他都一言不发，用沉默来回应一切。

饥肠辘辘的于星衍闷头喝着许原野熬的咸骨粥，小豆就在他的脚边打转，时不时抬头用亮晶晶的眸子看着他，非常渴望能够从于星衍那里分一杯羹。

于星衍被小豆看得心都要化了，他看了眼自己碗里的大骨，有些犹豫地想要夹给小豆，却被许原野出声制止了。

"星衍，小豆已经吃过狗粮了，那个不能给它吃。"

于星衍"嗯"了一声，低下头，又喝了一口熬软烂的粥。

许原野不知道是吃过了还是怎么样，并没有动筷子，而是支着手臂坐在于星衍的对面，非常专注地看着他喝粥。

看于星衍并没有想和自己说话的意思，许原野就开始自己找起了话题。

"星衍，你能让我陪酒，我很开心。"

于星衍一口粥呛在了喉咙里，他干咳了两声，抬起头，有些不敢置信地看着对面的许原野。

分明还是那张俊朗帅气的脸庞，但是现在的许原野看起来比起作家更像一个地痞无赖，笑眯眯地支着下巴看他的样子，找不到一点和"斯文"沾边的地方。

于星衍有些恍惚，他端起碗，试图遮住自己的脸，当作什么都没有听到。

许原野继续不要脸皮地说道："知道你不想搭理我，我都想好了，只要你每个星期都来找我就好了，我随叫随到。"

于星衍端着碗的手微微颤抖，他发现事情好像还是朝着无法控制的奇怪方向发展了。

星
野
Stars and Fields

许原野继续说道："我还可以给你做早饭、午饭、晚饭，免费接送你上下班。怎么样，经济适用，要不要考虑一下重新和我做朋友？"

于星衍在心里有些崩溃地号叫了一声，他给自己做好的心理建设如今摇摇欲坠，被许原野这完全不按套路出牌的方法打得有些招架不住。

不行，得赶紧走。

于星衍继续倔强地保持着沉默，狼吞虎咽喝完了最后一口粥，抽开椅子转身就往外走。甚至在转身走人的过程中，于星衍已经做好了自己被拉住，或者再次被小豆留住裤脚的准备。

但是他没有想到，无论是许原野，还是那条围着他转的金毛，都没有拦住他离开的步伐。

身后那样的安静。于星衍的脚步停留在玄关处，他的手已经放在了门把上，但还是被身后的寂静弄得忍不住回了头。

于星衍对上了许原野的眼神。

许原野依旧是笑着的，是那种带着痞气的笑容，但是于星衍却从他的眼神里看出了伤感和怀念，就好像看着他离去的背影，已经看过了不知道多少次一样。

这眼神和今天早上的许原野反差实在是太大了，他捏着门把手的手指蜷起。

然后，他便看见许原野迅速换了一种表情，那点伤感和怀念继续被漫不经心的谑笑替代，男人伸出手，指了指自己的嘴角。

　　"你的嘴角，有粥粒。"

　　于星衍还没来得及细想许原野的意思，立刻被这带着调侃的话语弄得尴尬极了，他用另一只手擦了擦嘴角，果不其然揩下了一粒米。于星衍在心里对自己翻了个白眼，也只有他才会一而再再而三地上许原野的当。

　　于星衍这次是真的想走了。

　　他推开门，迈开步子走了出去，但是他又隐隐感觉，许原野应该还有话和他讲，所以关门的动作变得缓慢了许多。

　　许原野说："今天晚上，我等你哦。"

　　于星衍冷酷无情地摔上了门。

　　　　11

　　两间公寓的大门仅仅是几步之遥，于星衍用指纹摁开门锁，走了进去，正打算松一口气，就被几双眼睛死死地盯住了。

　　崔依依、王小川、叶铮三个人正坐在他家客厅的沙发上，而他的手机摆在茶几上，三人在他开门进来的时候齐刷刷地抬头，然后用同一种意味深长的目光看向了他。

于星衍被吓得抖了一下肩膀，如果不是那三张面孔太过熟悉，他都要以为自己走错房间了。

崔依依幽幽地开口，"下午一点了，于星衍，你还记得我们约了吃饭吗？"

"坦白从宽，抗拒从严。于星衍，昨天晚上你不带手机去哪里鬼混了？"

"你再不出现，我和叶铮就要报警了！"

于星衍终于想起自己醒来以后约了要见面的人是谁了。

他艰难地朝三位好友挤出了一个微笑，很想把门带上，转身去按对门的门铃。

什么叫作先入狼窝，再入虎穴，这就是了。看来，下次还是不能把朋友的指纹录进门锁里。

于星衍抱着胳膊默默地低头走过客厅，走回房间里，"啪"的一声带上了门。

他不管外面几人的大呼小叫，靠着门背滑坐到地板上。

于星衍把头埋进双腿里，过了不知道多久，终于缓过了劲儿。

他重新打开房门，准备好迎接三位好友暴风雨般的审讯了。

就在他英勇地走向客厅的时候，门铃被按响了。

王小川大叫："我去看我去看，肯定是我点的外卖到了！"

于星衍心里升腾起不好的预感。

等等。

"王小川，你给我站住——"

门被打开了。

王小川站在门口，和牵着狗的许原野面面相觑。

王小川张着嘴，看着许原野的脸，愣了两秒，然后真心实意地发出了一声"哇哦"。

于星衍已经很久没有遇到过这么尴尬的情况了，他离门口太远，根本无法阻止王小川开门，只能眼睁睁地看着这令人窒息的一幕发生。

小豆趁着许原野分神的工夫，拖着牵引绳一边兴奋地汪汪叫着一边摇着尾巴冲到了于星衍的旁边，于星衍迎着叶铮和崔依依意味深长的眼神，百口莫辩地任由小豆蹭着自己的腿。

许原野到底还是见过大场面的人，面对着这种诡异的情形还能淡定地对着房间里的人微笑，和大家打招呼说道："我是来找星衍遛狗的，你们好啊。"

王小川嘿嘿地挠着脑袋，第一个回应道："你好，你好！"

叶铮和崔依依坐在沙发上，一个人和许原野挥了挥手，一个人则直接站了起来，走到王小川的旁边。

崔依依一只手搭上王小川的肩膀，眯起了一双美眸，仔仔细细地把许原野从头打量到尾。

　　关于许原野的故事，王小川和叶铮只知道很少的一部分，直到前不久，他们才知道原来于星衍的合租室友就是许原景的哥哥，传说中的那位许家大少，背着于星衍的时候没少八卦这件事情，而崔依依从蒋寒那里知道得更多一些，对于许原野她心里早就不爽了。

　　此刻看到许原野本人出现在面前，崔依依难免有些护犊子的敌意。

　　过了几秒，崔依依悻悻然地收回了目光。

　　纵使是如今混娱乐圈，阅遍帅哥无数的崔依依在认真挑剔了许原野的外形一圈以后，也不得不承认，这个男人长得确实是足够优越，从脸、身条到气质，都能称得上极品。

　　于星衍看着门口僵住的场面，干咳了一声，道："进来吧，别在门口站着了。"

　　于星衍开口了，王小川耸了耸崔依依搭着的那边肩膀，崔依依轻哼了一声，转身回到沙发坐下。王小川则走到了于星衍的旁边，看了一眼乖乖坐在于星衍脚下的小豆，立刻毫无立场地蹲下去摸狗了。

　　许原野笑眯眯地走进客厅，崔依依一只手搭在腿上，一只手支着下巴看着许原野，道："星星，不介绍一下吗？"

于星衍嫌弃地看了一眼逗狗逗得沉醉的王小川，抬头说道："这是许原野，我的邻居。"

叶铮、崔依依和王小川听到这个称谓，心照不宣地交换了一个眼神，谁都没有说什么。

许原野听到自己的定位是"邻居"，也没有任何不好意思，他继续淡定自若地说道："是邻居，也是朋友。"

于星衍低下头翻了个白眼，其他的不知道，许原野厚脸皮的功夫真的是与日俱增了。

还来找他遛狗，这借口找得也是好笑。

"今天我和朋友叫了外卖，你自己去遛吧。"当着其他人的面，于星衍不好戳破许原野的谎言，顺着话头给他递了一个台阶。

许原野听见以后却完全没有要踩着台阶下的意思——反正他本来也不是来找于星衍遛狗的。

他干脆也不装了，直接拖了一把椅子坐下，"是吗，刚好我也没吃，不介意我蹭一顿饭吧？"

于星衍握紧拳头，在心里告诉自己，不行，要忍住。

于星衍僵硬地微笑了一下，扯着嘴角，正要拒绝，崔依依却玩着指甲先开口了。

"当然不介意啊，星星的朋友就是我们的朋友。而且我看许先生你有点眼熟，我们是不是在哪里见过？"

许原野挑了挑眉，回答道："这么巧吗？我倒是认识崔小姐，最近经常能看见你的广告呢，真人比电视上面更加漂亮。"

崔依依笑得灿烂，"过奖过奖，许先生是不是有个弟弟叫许原景？上次在许原景的生日宴会上有幸远远见过一面，当时我就记忆深刻。"

莫名其妙的硝烟味弥漫开来，听着崔依依笑里藏刀的话，王小川吸了吸鼻子，继续眼观鼻鼻观心地玩着狗，叶铮则拿着手机敲字，只有于星衍几次想插嘴插不进去。

许原野和崔依依一个帅气英俊，一个漂亮美艳，三言两语地聊起来，你吹捧我我夸奖你，热络得完全不像是之前没有讲过话的陌生人，除了那点让人无法无视的阴阳怪气的味道，看起来还挺养眼的。

于星衍插嘴失败，只能默默地走到厨房给自己倒了杯水。

看着客厅里诡异的场面，他有些头疼地揉了揉眉心。

趁着许原野和崔依依聊天的工夫，于星衍回房间换了一身衣服出来，推门出来的时候，崔依依和许原野正好聊到了关键的地方。

"所以说，许学长是在星星高中的时候就认识他了？"

崔依依的问话听起来平平无奇，但是落入几位知道内情的人的耳朵里，便显得尖锐了起来。

叶铮发完微信消息，身边塌陷了一块，于星衍坐在了他的旁边。

许原野注意到于星衍回来了，继续用平静的语气回答道："是的，那是一段很美好的记忆。"

崔依依嘲讽道："那时候星星和我们玩得最好了，从来没有听他提起过还有你这么优秀的室友呢。"

王小川闷头玩狗，在听到崔依依这么说的时候又忍不住小声插了一句嘴，"我知道……许先生那时候还去看衍哥的歌手大赛了。"

崔依依闻言狠狠剜了王小川一眼，这人是哪边的呢！一只狗就能倒戈，真是没出息。

听到歌手大赛，许原野的眼眸里也浮现出怀念的神色来，"这都是好久以前的事情了啊。"

于星衍玩着手中的杯子，想起了那个美好的夏日夜晚，眼神不自觉地柔软了一分。

话题聊到这里，好像有些聊不下去了。崔依依似乎也觉得这样的对话没趣，她拿起手机低头玩了起来，不再和许原野搭话。

于星衍看崔依依的兴头终于过了，把手中的杯子放下，准备再次赶人。

"我们这里点的外卖可能不够吃，要不然还是不耽误你遛狗了吧……"

于星衍比许原野更加拙劣的赶人借口的话说出口，自己都觉得有点尴尬，他硬着头皮说完，果不其然地看见许原野坐在那里，根本没有要动一下的打算。

于星衍咬了咬牙，直接走过去，拉住了许原野的衣角。

"下次？下次行不行？"

他不敢说得太大声，于星衍的嗓子还有些哑，那带着些微恳求的话语声又软又轻，许原野更加不想走了。但是到底还是要把握分寸，许原野知道不能把于星衍真的逼急了，他从善如流地被于星衍拉了起来，叫了懒洋洋趴在毯子上的小豆一声。

"小豆，我们下次再来找星衍哥哥玩。"

被王小川摸得身心舒畅的小豆撩起眼皮看他一眼，继续赖在原地不动。

许原野看到小豆的样子，在心中暗喜地笑了两声，朝于星衍耸了耸肩，无奈地摊手表示不是自己不想走。

于星衍简直要被这一大一小气死了。

就在他准备亲自去拉小豆的时候，门铃再次响了。

王小川赶紧打圆场道："外卖，这次一定是外卖！"

他小跑绕过于星衍和许原野到门口，再次打开了门。

门被打开了。蒋寒和许原景站在门口，两个人都西装革履，一人手上拎了一大袋东西。

蒋寒一边脱鞋一边往里走，大声嚷嚷道："我和阿景在楼下等了十分钟外卖，你们真的是没良心，让我们这种辛苦的'社畜'干拿外卖的活……"

蒋寒的目光和许原野的脸相遇，下一句话僵在了嘴边。

而许原景有些疑惑又有些惊讶的声音让场面彻底陷入了凝滞。

"哥？"

嘉城六中校友聚会在这平平无奇的一个周末突然成功举行。

七个人围着茶几坐了一圈，外卖盒摆得满满当当，可惜气氛并没有多么轻松愉快，导致大家吃东西都无法放开手脚。

好在在座的人都不是小孩子了，成年人基本的社交能力还是有的，虽然聊天聊得有些干，但也没有冷场。

话题主要还是围绕着许原景和许原野进行。

"是不是很巧，景神的哥哥居然就住在衍哥的对面。"王小川举着一串鸡中翼，一边啃一边对着蒋寒和许原景说道。

许原景有些无法从刚开门的时候在于星衍家里看见自己哥哥的惊诧中走出来。他确实知道许原野的意图，但是他没有想到许原野居然一不做二不休，直接搬到了于星衍的对面来了。

他瞥了坐于在星衍旁边的许原野一眼，淡淡地"嗯"了一声。

蒋寒笑着打圆场，"嘉城就这么大，住在附近有什么稀奇的，这就是六中校友的缘分。"

崔侬侬涂着红色指甲的手捻起一串烤串，慢条斯理地搭腔，"还有更巧的呢，星星在高中的时候和阿景的哥哥可是合租室友，说起来，阿景你知道这件事吗？"

"我不太清楚。"许原景眨眨眼，准备含糊地把这个问题带过去。

于星衍已经完全放弃抵抗了，他任由许原野坐在自己的旁边，一言不发地默默吃着烤串。

于星衍用筷子在那份蒜蓉茄子上搅了两下，没什么食欲地挑起一筷子茄子吃了一口，努力地放空自己。

许原野并未热情地参与几个人的闲聊，他偶尔搭两句腔，然后继续为于星衍精挑细选着他爱吃的东西。

于星衍有点头大。偏偏在座的几个人和他认识得早，他在他们面前没有一点威慑力可言，就连叶铮也没有出言帮他，全部都在快乐地看戏。

话题是在许原景聊起工作后逐渐拐入正轨的。谈到嘉城如今的市场环境，气氛终于变得不那么奇怪了，在座的除了崔侬侬是混娱乐圈的，许原野是一个闲散的自由职业者，其他人都是辛苦工作的人，聊聊政策聊聊经济形势，倒是比刚刚火热了很多。

　　过了大半个小时，大家吃得差不多了，于星衍也低头玩起手机，没有再动桌上的东西，许原野便开始参与进他们的聊天里，很轻易地就和叶铮、王小川、蒋寒几人聊了起来。

　　蒋寒对于许原野的了解比叶铮和王小川多得多，他很早开始就经常听许原景提自己的哥哥，知道许原野对于许原景来说，是少年时代一座不可逾越的高山，如今本人坐在他的对面和他聊天，有种传说中的人物走入现实的错落感。

　　本以为许原野不是圈子里的人，应该对他们的话题知之甚少，但是聊着聊着，几个男人便发现，许原野对于他们所聊的话题都有自己独特且犀利的见解，而且许原野的知识面非常广博，根本就看不出他是个圈外人。

　　许原野并不是一个喜欢侃侃而谈的人，他说话少且精，总能切中要害，甚至三言两语就能够给他们提供一个更加广阔的思路。这天聊着聊着，蒋寒、叶铮、王小川心里都不自觉地升腾起对许原野的佩服——虽然他们不知道许原野和于星衍之间到底发生了什么事情，不好对许原野的人品进行评价，但是许原野的优秀是无可否认的。

　　到了后面，王小川甚至开始主动请教起许原野一些他困惑的问题，而许原野也非常耐心地给出了自己的看法。

于星衍一边漫无目的地刷着手机，一边听着朋友们和许原野聊天。

在听到他和许原野不谋而合的想法的时候，他心里那根弦总会被轻轻地拨动一下。

原来他也是这样想的。

于星衍机械地下拉着朋友圈，最终，他还是忍不住抬头看向许原野。

男人的侧脸在静谧的午后显得那样的俊朗，时光在他的脸上留下了一些细微的痕迹，好像眼角有了细细的纹路，但是这一点都没有减损男人的魅力，反而让他看起来更加沉稳可靠，就像葡萄酒一样，越酿越香醇。

为人解答疑惑的许原野神情慵懒又自信，他并不刻意把这些写在脸上，但是说出口的每个字都那样干脆，拥有让人信服的魔力。

于星衍看着这样的许原野，脑海中浮现出曾经的许原野，在他人生最迷茫和无措的时候，这个男人也是这样，领着他走出了阴霾。

下午四点，聊天才堪堪结束。

本来聚会并没有约在于星衍的家里，后续的计划都因为这次过分久的聊天而打乱了。还是崔依依听那些令人头晕脑涨的专业名词听得不耐烦，暴躁地问大家到底还要不要去唱歌，这才让这失控的经济小峰会告一段落。

　　许原野这次狠狠地在于星衍的朋友面前露了一次脸，刷了不少好感值，他非常识趣地见好就收，并没有继续跟着于星衍和他的朋友们去唱歌，而是起身告辞。

　　送许原野出门的时候，除了崔依依还是一副懒得搭理的样子，其他人都热络了不少，一口一个"野哥"叫得非常亲切。

　　于星衍把茶几上的一片狼藉收拾完，回厨房清洗碗筷，外面几个没心没肺懒得出奇的家伙便瘫在那里议论着刚走的许原野，只有许原景跟了进来。

　　透明的厨房玻璃门内，声音被隔绝了大半，于星衍听着唰唰的水流声，整个人还处于半放空的状态，甚至没注意许原景走到他的旁边。

　　许原景开口的时候，他几乎是吓了一跳。

　　"于星衍。"许原景叫他，声音不大，语气也没什么波澜。

　　虽然有着这么多共同的朋友，但是于星衍和许原景其实交流很少，好像两个人中间的一方总是有意无意地拉开着彼此的距离。

　　"怎么了，景神？"于星衍一边洗着碗一边应道。

　　许原景有些犹豫到底要不要开这个口，但是他又觉得，有些事情，于星衍应该知道。

　　"你出国的时候，其实，我哥去——"

"别说了！"

于星衍手里捏着盘子，任由水流冲刷着，他抬起头，看着许原景那张和许原野有两三分相似的脸庞，大声急促地出言打断了许原景还没有说完的话。

于星衍喊完，看着许原景有些错愕的脸，有些无力和颓然。

他垂下头，把水龙头的开关打下，又重复了一遍。

"别说了……"

许原景看着这样的于星衍，捏了捏食指指节，没有再说话了。

过了一会儿，于星衍听到耳边传来了一声"对不起"，许原景出去了。

于星衍把洗好的碗盘放入消毒碗柜里，摁下开关，看着那亮起的红色光点，思绪变成了一团乱麻。

曾经，在国外的时候，他是有期待过回头的时候，看见许原野站在身后的。

但是现在，他却发现他只想把耳朵捂上。

他不想知道。

他也害怕知道。

鸵鸟在走投无路的时候会把头埋进沙子里，以此来逃避必须面对的事实。

于星衍在无数次把手机上弹出来的来自许原野的消息删掉，

当作什么都没有看见以后，他觉得自己确实有些鸵鸟心态了。

打开微信，和许原野的对话框里清一色的都是绿色的聊天气泡。

X-Y：星衍，今天来我家吗？

时间的流逝在嘉城这座树木四季常青的城市里显得不是那么明显，初秋来临的时候，嘉城迎来了一波冷空气。

十月中旬的嘉城还带着夏日的余韵，冷空气并没有造成太大的影响，最多是让路上的行人多加了一件外套而已。

于星衍出门的时候忘记带外套，穿了一件短袖白衬衫就出去了，白天还不觉得，晚上回去的时候被湿冷的夜风吹了一个哆嗦。

小区旁夜跑遛狗的人依旧很多，于星衍习惯性地环顾了一圈，在确认没有看到许原野的身影以后才放心地上了楼。

走到半路，他又觉得自己这个探头探脑的动作有点傻，就算是遇到了又怎么样？难道他还怕他不成吗？结果在出电梯往自家门口走的时候，于星衍还是忍不住再探出头看了一眼，好在视线里并没有出现许原野牵着狗的身影。

指纹解开门锁，于星衍推门进去，在松了口气的同时，又有些说不出的不爽。

他晃了晃脑袋，把这些不该出现的思绪从脑海中晃掉。

晚饭是随便煮了一碗面解决的，于星衍吃完面条，打开电脑坐在客厅继续处理白天没有处理完的公事，今天的微信不知道为什么格外安静，一条来自许原野的消息都没有。

于星衍埋头工作了两个小时，直到晚上十点，他才堪堪结束了一天辛苦的工作。他把碗拿到厨房洗干净，感觉自己被晚上的凉风吹得有些头疼，于是又去弄了一杯感冒药预防感冒。

端着杯子，于星衍一边喝着，一边浏览起了微信，除去工作上的一些消息，最热闹的就是和叶铮、王小川、崔依依几个人拉的微信闲聊群了，一时半会儿没看，里面就被塞满了各种搞笑视频和没有意义的八卦聊天。他略略地浏览了一下，于星衍在崔依依号召酒局的消息下面回复了一个"1"，便按灭了手机屏幕，准备洗个澡早点睡觉。

于星衍按灭手机屏幕之前，还扫了一眼和许原野的对话框，发现许原野每日按时到达的消息不知道为什么终止在了两天前。

是因为他一直不理他放弃了？

还是……出什么事了？

无论是哪种原因，于星衍心头都因为许原野的反常纠结了起来。

于星衍洗完澡出来，再次拿起了手机，点开了微信，许原野依旧没有给他发消息。

于星衍看着终止在两天前的聊天记录，咬了咬牙，告诉自己不要多想。

为了转移注意力，于星衍强迫自己去看其他消息。晚上十一点，闲聊八卦群里还未打烊，崔依依不知道从哪里又听来了一个关于如今当红小生的八卦，正在津津有味地和大家分享，于星衍对这个人的名字有点印象，仔细一想，发现他就是演了《荒野》男主角的那个演员。

绕来绕去，于星衍的思绪终究还是绕回了许原野的身上。

于星衍拿着手机，不自觉就开始发起了呆。

许原景那天说的话，于星衍一直很刻意地让自己不要去在意，不要去细究那些话背后的深意，但是在他闲下来恍惚的瞬间，许原景的话总是会无孔不入地钻进他的脑海里。

于星衍敢发誓，自己在国外的时候，从来没有看见过许原野，也没有听任何人说过有这样一个人来找过自己。

许原景话语里传达的意思和于星衍自己的回忆是冲突的，以至于于星衍每每想到，都觉得荒谬和好笑。

于星衍垂着眼眸，呆呆地看着手机变暗息屏。

于星衍抽了抽嘴角，笑容看起来有些勉强。

于星衍深吸一口气，决定把许原野消失带来的小小失意抛到脑后。他在脑海中过了一遍明天的日程，打算去睡了。

许原景的私聊在这个时候发送到了他的手机里。

屏幕亮的那一瞬间，于星衍心里产生了不可名状的隐秘期待，但是在他看清楚发消息的人的名字的那一瞬间，那点期待又一下子化为了乌有。

是许原景。

JING：在吗？

于星衍回房间的脚步顿住，他站在走廊回复许原景。

YXY：在，什么事。

JING：我哥的朋友和我说这两天都打不通他的电话，能麻烦你去看看他是什么情况吗？

JING：不好意思，麻烦你了。只要看一眼他死没有就好了。

JING：如果你觉得不合适的话，我明天自己过去看。

于星衍愣住了。

许原野不是故意没给他发消息，而是真的消失了两天？

于星衍几乎是在看到消息的下一秒就转了身。

他知道许原景的脾气，在这种事情上，许原景不必配合他哥来找他演戏。会发消息找他，一定是许原野真的失联了。

于星衍上一次穿着睡衣来敲许原野的门，是去喝酒的。

这一次，于星衍还是穿着睡衣来敲许原野的门，却是替许原景来看这个人是不是死在里面了。

于星衍抱着手臂，按了一遍又一遍门铃，越想越不对劲。就算是许原野不出门，小豆总该遛一下吧，这到底是怎么回事，能两天都不见人影？

门铃声并没有得到门内主人的回应。

于星衍看了一眼许原野的门锁，和他的一样，除了指纹以外，还可以用密码解锁。

四位数的密码……

于星衍脑海中不知道为什么跳出了四个数字。

他有些迟疑地把手放到了门锁的触屏界面上，一个一个地点下了那四个数字。

清脆的一声响，绿色灯光亮起，于星衍按下把手，打开了许原野的房门。

居然真的是……

1112，他的生日。

推开门的那一瞬间，浓重的烟味和酒味混杂在一起飘了过来，因为没有通风，这浑浊的味道让人窒息。

于星衍下意识地皱起了眉，客厅里窗帘是拉上的，乌漆墨黑的一片。

唯一发着亮光的，是放在客厅茶几上的电脑后面的呼吸灯。

这套房子的格局和于星衍住的那套大同小异，于星衍很容易就找到了客厅灯的开关，把按钮按下，暖黄色的灯光洒满了客厅，也照亮了躺在沙发上睡死过去的许原野。

男人穿着一件黑色的工字背心，头埋在沙发的靠枕之间，半个身体落在地上，睡得像猪一样，还偶尔打一声鼾。

茶几上堆了几个泡面盒子，昭示着这个睡死过去的男人没有饿着自己。

看着这样狼藉的场面，于星衍一时之间觉得自己刚刚那点担心真的是多余，又觉得许原野这样不健康的生活有些令人生气。

他艰难地绕开酒瓶，走到阳台把玻璃门打开通风换气，室内的空调开得很低，比已经有了凉意的嘉城晚上的温度还要冷，于星衍干脆把空调关掉，让室外的新鲜空气涌进来。

许原野不知道是多久没有睡觉了，对于星衍这些动作一无所知。

于星衍在地板上看见了许原野已经没电关机的手机。

他叹了口气，捡起了许原野的手机，又在排插那里找到了电源线，给许原野的手机充上电。

做到这里，于星衍自觉自己已经仁至义尽了。

也许是最后的良心还未泯灭，于星衍在转身离开之前，忍不住折返回去，还把许原野掉在地上的腿艰难地抬上了沙发。

两条长腿被搬上了沙发，被许原野的腿压住的黑色牛皮本才露出了它的面容。

于星衍弯腰捡起地上的本子，放在茶几上。

从本子里，掉出了一张白色的纸片。

于星衍叹了口气。

好人做到底，他弯腰，定睛一看，发现居然是一张机票的一部分。

上面的航班信息是那样的刺眼。

出发地：嘉城。

目的地：伦敦。

于星衍看着那张机票，心里一阵兵荒马乱。

他把薄薄的纸片放在那本黑色牛皮本上，手指蜷起，看了许久。理智告诉他，他应该直接转身离开，但是不知道为什么他的脚像是被黏在地板上一样，迟迟都无法迈出一步。

牛皮本就像潘多拉魔盒一样有着奇妙的吸引力，于星衍知道，一旦把本子打开，也许他要面对的就是他迟迟不愿意面对的东西，可是……

犹豫再三，于星衍深深地看了躺在沙发上睡得很沉的许原野一眼，还是弯腰拿起了那本牛皮本，随便翻开了一页。

本子很厚，于星衍大概翻开的是三分之一的位置，米色的纸页上是许原野遒劲有力的字迹，写得很潦草，于星衍一目十行地掠过，注意力被贴在纸页上的一张拍立得相纸所吸引。

拍立得成像有些模糊，但是于星衍依旧能够认出这是熟悉的学校门口，金黄色的梧桐叶下三两学生走过，他盯着一个小小的穿着驼色风衣的背影，这件衣服……这是他？

是他吗？

于星衍攥着纸页的指骨泛起了白，他把视线挪到一旁的文字上，企图把许原野那潦草的连笔字辨认出来，可是写字的人好像充满了情绪，他花费了好一会儿工夫，才勉强认出了几行话。

星星……和金色的梧桐叶……是一个美好的秋天。
不知道星星喜不喜欢这里的秋天？

于星衍想起了留学时学校大道上的梧桐树，想起了踩过梧桐叶时"咔嚓"的声响，他的记忆如同掠影一般在脑海中闪过，可是这里面却没有任何一幕是有关许原野的。

原来，如果他在某一个赶着去上课的清晨回过头的话，也许可以看见许原野站在他的身后吗？

于星衍心里的失措和酸涩如同湖面上的縠纹一般一圈一圈荡开。

男人在这座城市里到处游玩，记下了许多好玩好吃的地方，有一些还在旁边标上了一个小小的星号。

于星衍在里面看见了一家他很喜欢的面包店，而许原野的记录里，他曾经在这家面包店与他偶遇。

在本子上，许原野这样写道：

我是这座城市的游客，在某一天，恰好遇到了一个人。

知道他与我一样，喜欢这家面包店新出炉的甜甜圈。

于星衍把被自己捏皱的纸页抚平，然后合上这本黑色牛皮本，按照原样放回了地上。

不知道许原野是因为什么原因两天没有和人联系，于星衍的视线从烟灰缸和酒瓶上掠过，再看到双眼下一片青黑的许原野。他把沙发角上的薄毯拿起，盖在了男人的身上。

这个动作做起来，有种令人恍若隔世的错觉，就好像时光流转，回到了他还和许原野住在一起的时候，只不过那个时候是许原野给他盖上毯子，而现在变成了他给许原野盖上。

有些区别，又好像什么都没有变。

于星衍离开许原野的公寓，踩着拖鞋，失神地回到了自己的公寓中。

格局相仿的两间公寓，于星衍这边看起来有人气多了，朋友们在他入住的时候送了各式各样的乔迁贺礼，一个一米多高的浮夸娃娃就是崔依依的手笔，躺在沙发的旁边，憨态可掬。

于星衍拿起手机，给许原景发了一条消息。

YXY：我看过了，在家里，没事。

许原景收到于星衍的消息以后，只是回了一个"收到，谢谢"。

这件事情便告一段落。

于星衍在许原野那边染上了一身的烟酒气，他拿了一件棉短袖和休闲裤，重新洗了个澡，把刚刚的睡衣扔到洗衣机里，他感到全身上下提不起一点劲再去做家务了，于是回到房间躺在了大床上。

香薰静静地在房间的角落里燃烧着，助眠的香味浅淡温柔，盖着舒适的被子，于星衍很快就坠入了梦乡。

下坠。

于星衍感觉自己好像跌在了一个巨大的甜甜圈上，草莓巧克力的甜腻香味让他目眩神迷，他坐在这个甜甜圈上，不停地旋转着，旋转着……

玻璃展柜里的暖黄色射灯射在他的头上，视线里的一切都是模糊的。

叮咚，叮咚……

是面包店有客人来时的门铃声。

好像有个熟悉的身影推门进来了，他和老板不知道说了些什么，然后玻璃柜门被拉开了，那双骨节分明的手拿着面包夹，夹住了他坐着的这个甜甜圈。

于星衍觉得自己很小，男人含着笑的眼睛出现在他的世界里，他除了和他对视，便只能和他对视。

他听见男人的声音，旷远，辽阔，好像从天际而来，又好像就在他的耳边。

他说："星衍，好巧。"

于星衍猛地从床上坐起。

他急促地喘息了几声，把被子掀开，身上已经热得被汗濡湿了。

刚刚的梦飞速从他的脑海里溜走，等他缓过神来的时候，他便只能想起最后看见的属于许原野的那双眼睛了。

于星衍擦了擦额角的汗，端起床头柜上的水杯灌了一大口。

于星衍自嘲地勾了勾嘴角，在床上坐着发了一会儿呆，等到困意再次袭来的时候，他摁亮手机看了一眼，是凌晨四点了。

过不了几个小时，他就要起床上班了。

于星衍收敛思绪，再次睡了过去。

第二天，于星衍准时到了办公室。

他有一个属于自己的工作区域，用透明玻璃和下属隔开，进去的时候，助理已经为他准备好了早上的咖啡。

于星衍坐在办公椅上，昨晚的睡眠质量并不好，导致他现在有些头疼。

在开始办公之前，于星衍又忍不住看了一眼手机，依旧没有许原野的消息。

都这么久了，许原野还没有睡醒吗？

于星衍几乎是下意识地皱起了眉头，拿起手机就想要给许原景发消息，但是理智阻止了他的动作，让他打字的手指停在了半路。

于星衍默默地让手机待机，翻开送上来的文件阅览起来。

进入工作状态的于星衍很快就把许原野的事情放在了脑后，阅览完文件，又开了一个长会，时间很快就走到了中午。

午休时间，茶水间里挤满了人，大家三言两语地闲聊着。

于星衍推开玻璃门，打算去食堂吃午饭。

手机在此时振了一下，于星衍掏出兜里的手机，看见是他们的闲聊八卦群有人找他。

打开消息界面，于星衍的瞳孔在那一瞬间收缩了一下。

王小川：衍哥！在野发新书了！叫作《见星》，你快去看！

王小川：一发就是二十万字，而且还全部都是免费的！

于星衍不知道自己是怎么打开终途中文网的软件的，他的手在发抖。

简介上写道：

星
野
Stars and Fields

　　来到一座陌生的城市，在迷路的街角转弯时，我看见了我遍寻不到的星星。

　　在野突如其来，没有任何征兆便发布的这篇小说在粉丝间掀起了轩然大波，由于题材的特殊和行文风格的变化，讨论度一直居高不下。

　　《见星》在第一天发布的时候更新了二十万字，而后的每一天都稳定地上传一万字，显然是有着很足的存稿，所以就算有些人对这种题材并不感兴趣，也会前来围观。

　　对于在野突然写这种明显和终途中文网画风不符的小说，大家纷纷提出了自己的猜测。有人说在野是为了突破自己写感情线的短板而进行练笔，也有人说在野是在替终途中文网进行转型试水，更有甚者怀疑起了在野的性别……总之，《见星》成了这段时日议论度最高的网文之一。

　　《见星》与在野之前的小说最迥异的一点便是它的写作形式，这部小说用的第一人称进行叙述，与其说是小说，倒不如说更像是一部日记，而另一位主角"星星"不知性别年龄，充满了神秘感。

　　如果要概括，这大概就是"我"在不同的城市，搜寻一个叫

209

作"星星"的人的故事，在野的高明之处就在于在故事的开头埋下了无数悬念和伏笔，随着寻找进展的推进，这些悬念和伏笔又一一得到印证，在野从前的作品中很少出现的心理描写让整本书变得细腻，十分容易让人有代入感。

总之，虽然《见星》与在野之前的长篇剧情流小说截然不同，但没有人能否认，这是一部好的作品。

可惜，知道在野写这本小说真实意图的人并不多，而知道内情的人无不惊掉了下巴。

当时许原野把小豆送回李颐那里的时候，他还以为许原野已经放弃了呢，没有想到许原野是憋着一口气攒了个大的，做事情还是如此让人瞠目结舌。

为此，他赶到了许原野那里，真心实意地发问道："野哥，这么狠，有必要吗？"

赶稿赶到两天都不见人影，差点让他以为自己这发小死在了哪个地方。

许原野却对他说："有些事情，要做的话，就要毫无保留，不留退路地去做。"

这也是他从于星衍身上学到的，他从前总是习惯给自己留后路，但是现在他明白了，有些东西错过了，是无法弥补的。

于星衍的生日是十一月十二日，大部分人都还沉浸在电商大节日的狂欢余韵之中，当然，也有一部分追《见星》更新的读者准时准点地打开了终途中文网的软件，等待着新一天的更新。

没有人能预料，如同这部小说没有任何预兆地发布一样，在这一天，这部小说也没有任何预兆地完结了。

小说的结尾，在各个城市追寻着"星星"脚步的"我"因为过度疲惫而躺在了城市街角的长椅上，因为苦寻无果，"我"绝望而痛苦睡着了。一觉醒来，"我"发现自己好像已经死了，身体已经化为了一片虚无。

"我"好像成了这大地的一部分，能够感觉到无数生灵的律动，能够听到荒野上的狂风，"我"能够看见城市、乡野、森林里的每一寸土地，但是那些找到的星星碎片却消失得无影无踪。

"我"就这样迎来了一片黑夜。

黑夜是那样的漫长，长得看不到尽头，"我"失去了星星，便放任自己漫无目的地在广袤的大地上游走。

最后，当"我"的意识来到一片荒野之上时，看见一颗明亮的星星挂在了高空之上，"我"想伸出手去把那颗星星摘下来，但是无奈他已经成为这荒野的一部分，只能默默地注视着那颗星星。

时间走过，世间万物已经沧海桑田，只有这片荒野上的黑夜一直笼罩着大地，而"我"渐渐地失去了自己的意识，与这片荒野融为一体。

就在"我"最后一丝意识消散的那一刻，挂在天空之上的星星突然从上面坠了下来，坠到了荒野的怀抱之中。

那一刻，黑色的夜幕被掀开了一角，阳光从缝隙中漏了进来，一片光明。

"我"再次睁开了眼睛，发现自己躺在陌生城市街角的长椅上睡了过去，原来刚刚的一切都是太过真实的梦境。

长椅对面是一家面包店，"我"揉着头坐起来，走过马路，正准备进面包店买些吃的，就在这个时候，面包店的玻璃门被人推开了。

挂在门口的铃铛发出了清脆的声响，那个推开门的人手里提着面包店的纸袋，抬起头，和"我"对上了目光。

终于，"我"找到了"我"遍寻不到的星星。

小说结尾最后一段话这样写道：

那一刻，我的心里涌起了巨大的幸福，我感觉自己是无比幸运的。虽然我知道星星根本不知道我的存在，但是我却看见了命运在我们的背后系下了一条线。

无论这片土地有多么的广袤辽远，无论星星挂在多高的天空上，无论我们之间的无数种可能性里，有多少种会是平行而过，但是总有一天，我会把星星摘下来。

看这段话的时候，于星衍正坐在自己父亲一时兴起举办的小型家庭宴会上。

他已经很久都不过生日了，难得于豪强还记得今天是他的生日，并以此为由头把于星衍叫回了南山花园。王菁菁，如今已经是高中生的大土豆，以及上了小学的于阳悦坐在餐桌上，于星衍和他们都十分生分。

于星衍和于阳悦的年龄差距实在太大，他们不常见面，也没有话讲，兄弟情分和许原景、许原野完全不能比，如果不是于豪强想要打造温馨的家庭感，他们应该和陌生人没有什么差别。

但是最让于星衍感到难受的不是这些，而是于豪强竟然还邀请了他非常喜欢的那位老朋友的女儿，三番两次催促于星衍见面的那个叫作曲艺美的女孩。

于星衍忙碌了一天，晚饭时间还要应付这让人头痛的局面，他连装得懒得装了，面无表情地坐在椅子上玩手机，耳旁是于豪强如同苍蝇般扰人的吹牛声。于星衍的思绪漫无目的地飘了许久，最后还是忍不住点开了整个白天都没有勇气去看的结尾。

晚上七点，嘉城的天已经彻底暗了，可惜在这座大城市的天空中看不见几颗星星，月亮也被云层遮挡住，偶尔才露出浅淡的一弯来。

于星衍看完了结尾，抬起头，心里百味杂陈。

有人会为了他的生日不顾身体接连熬夜，为的就是让这部小说能够在他生日这天完结。而他的父亲却在他生日这天不顾他的意愿，举行一场尴尬的家庭聚会，请来一个他不想见的女人。

于星衍有些茫然。

他坐在座位上，突然不知道自己走到今天是为了些什么。他高中的时候尚且还敢用离家出走作为反抗，可是现在却因为父亲能够给的权利和资源忍着气性。时光打磨了他的棱角，让他在不知不觉间变成了一个自己都有点陌生的人。

更让他感到可笑的是，高中的时候，他在许原野的身上找温暖和依赖，到了今天，好像还是这个人，让他感觉到了一点亮光。

就在于星衍出神的时候，一个电话打了进来。来电显示上的号码是那样眼熟。

于星衍没有给这个号码备注，但是他记得自己第一次打这个号码的时候，是为了请这个人到他的学校接崴了脚的他。

于星衍拿着手机，不顾于豪强不愉的神色，转身走出客厅，走到了门外的小花园。

接起电话的时候，于星衍没有想任何东西，大脑一片空白。

耳畔先是一阵刺啦的电流声，然后许原野的声音传过来，他对他说："于星衍，我的车停在你家门外。"

于星衍有些惊诧地拿着手机往自家大门的外面看去，确实看见了闪烁着的车灯。

许原野继续说话，声音里带着几分笑意，就好像这个世界上没有什么事情是大不了的一样。

他说："于星衍，我带你去游乐园玩吧。"

"生日吃什么相亲宴啊，我们现在就走。"

12

于星衍只觉得从不远处吹来的风都是热的。

他的手背贴上脸颊，那滚烫的热度让他清醒了几分。手机那边传来的电流声还在刺啦作响，于星衍看着自己家大门的方向，突然就产生了一种不顾一切的冲动。

日复一日的生活就好像一列按照轨道行进，永远不会拐弯也永远没有尽头的列车，于星衍是这列列车的驾驶员，在这一刻，他却很想体验一下从列车上跃下，和自由的风一起翱翔的滋味。

于是他便一声不吭地走到了花园的铁门前，推开门走了出去。

于家别墅的灯光被于星衍甩在了身后，照亮他眼前道路的是许原野车子的车灯，男人倚在车门旁边，身姿颀长，穿着一件黑色的高领针织毛衣，刘海吹成了四六分，露出了凌厉的眉和狭长的眼。

许原野举着电话的手在看见于星衍的那一秒放下了，他的双手插进兜里，看起来慵懒而随意，在于星衍走过来的时候，他便朝他扬起嘴角微笑。

车灯的光有些刺眼，于星衍的眼抬起手挡了挡光，男人的身影绰约模糊后又变得清晰。

于星衍很难形容这一刻自己的心里是一种什么样的感受——就好像是被重重地捶了一下，又好像是泡进了温热的水里，不知道为什么，男人身上那种哪怕天崩地裂都泰然自若的闲散慵懒让他觉得十分的安心。

于星衍以为自己早就过了需要从别人身上寻求安全感的年龄了，但是看着这样的许原野，于星衍又觉得自己轻松了许多。他肩上沉甸甸的重量好像被分出去了一部分，让他能够在紧张窒息的生活里得到一隅落脚喘息之地。

他走到许原野的面前，动了动嘴唇，没有说话。

上一次和许原野见面，还是那天受许原景所托去看许原野的时候，那时候在沙发上睡着的许原野胡子拉碴，毫无形象可言。

现在站在于星衍面前的许原野又恢复了平时潇洒帅气的样子。

许原野的眉眼舒展，从身后拿出了一束包扎得很精致的满天星，这不起眼的小花簇拥成球状，浅淡的蓝色如同夜空里的星星，许原野把花递过去，对于星衍说："于星衍，生日快乐。"

于星衍愣了一下。

他没有想到许原野还带了一束花来。但是转念一想，于星衍又觉得，许原野好像本来就该带这样一束花来。

他接过那束满天星，礼貌地对着许原野抿出了一个浅浅的笑来，"谢谢。"

许原野丝毫不在意于星衍对他的客气，他帮于星衍打开副驾驶的车门，对于星衍用轻松的语调说道："上车吧，寿星。"

于星衍拿着花坐上了副驾驶的位置，这是他第一次坐在许原野的副驾驶上，这样的体验有些新奇。

许原野开的车是一辆看起来很普通的私家车，不是很贵，想来许原野也并不在乎这些。车的内饰没什么特别，如果要说唯一特殊一点的，大概是摆在中控台上面的两个小手办。于星衍的目光聚焦在这两个做得非常精致的小手办上，仔细地打量了一会儿，发现这两个手办应该是《荒野》里的男主封野和另一个人气角色简星。

于星衍的手机在裤兜里不停地振动，他没有去看手机。过了一会儿，他拿出手机，回了疯狂找他的于豪强一句"有急事"以后，直接把手机关机了。

关机以后，于星衍感觉自己的呼吸都变得轻松起来。

不管以后还要不要面对，至少在此时此刻，他可以不用再去管于豪强的一切事情，也不用再去面对餐桌上那令人窒息的尴尬场面，他是个自由的人。

许原野摁下车载音响的开关，蓝牙连接的是许原野的手机，大提琴的声音从音响里倾泻而出，优雅宁静而有质感。

于星衍没有开口去问许原野是如何知道自己在南山花园，又是如何知道自己在吃相亲宴的，毕竟嘉城的圈子就这么大，以许原野的身份和能力，要打听一个人实在太容易了。

他在心里对自己说：于星衍，今天是你的生日，就允许你放纵一晚吧。

私家车开在驶向嘉城欢乐谷的高速公路上，南山花园到嘉城欢乐谷并不算太远，山道黑黢黢的，两边的路灯映出车辆伶仃的影子，隧道口像巨兽的大嘴把车子吞入其中。于星衍看着这一路飞驰而过的风景，想起了自己小时候总是幻想着从隧道出去，就能看见一个崭新的奇幻世界，而现在的感觉和自己小时候的幻想是何其的相似。

于星衍听着小提琴悠扬的曲声，闭上了双眼。

他好像加入了一次没有任何预兆的逃亡之旅。

这旅途并不算漫长，不过半个小时，许原野的车就已经开到了嘉城欢乐谷的门口。于星衍下了车，看着游乐园的大门，这就是旅途的终点了，这个色彩绚烂、五光十色的巨大游乐园。

夜晚的游乐园格外璀璨漂亮，于星衍看着那升腾在空中摇曳的氢气球，它们被做成各式各样的卡通玩偶的模样，爆米花冰淇淋甜腻的香气飘到鼻子边，轻轻吸一口，便觉得五脏六腑好像都甜滋滋的。

路人的笑声从耳边掠过，嘈杂的聊天声本该让人感到喧闹烦躁，但是于星衍却觉得，这些场景是如此鲜活灵动，比起南山花园的饭桌，他更加喜欢这里的一切。

于星衍中途离席，还穿着一身笔挺的正装，男人站在游乐园的门口，看起来有些格格不入。许原野买了票走到于星衍的旁边，眼神从于星衍扣到第一颗的衬衫扣子上飘过，他轻笑了一声，把一个轻松熊的氢气球塞到了于星衍的手里，趁着于星衍惊诧工夫，他低头帮于星衍解开了领口的那颗扣子。

于星衍捏着轻松熊的绳子，被许原野这突兀的动作弄得有点茫然。

两个人之间没有一句话的交流，许原野一只手插着兜一只手拿着票走在前面，于星衍便牵着一个飞得很高的轻松熊气球走在后面，半步的距离让这两个人保持着熟悉与陌生中间的距离。

晚上游乐园里的人依旧不少，特别是旋转木马等拍照圣地，不知道多少对小情侣等着上前拍照，就这样，两个人穿过人群，来到了垂直过山车的前面。

晚上垂直过山车没有白天那么多人排队，许原野又非常大方地买了特快通行证，两个人没有等待就直接坐上了过山车。于星衍和许原野肩并肩地坐在过山车的座椅上。等待机器运行的间隙，于星衍回头看了一眼控制室旁边的栏杆，那个大大的轻松熊脑袋系在栏杆上，因为线绑得很短飞不太高，探出了小半个脑袋，看起来说不出的滑稽和好笑，熊旁边还站了一个穿着红马甲的小姐姐，非常尽职尽责地给这只熊当着保镖。

而这诡异一幕的缔造者，就是坐在他旁边的这个三十多岁的男人。在上车之前，许原野一脸认真地和工作人员小姐姐再三强调要帮他们看好这只熊仔，还亲自把熊系在了栏杆上。

想到那个穿着红背心的工作人员看着他们想笑又不敢笑憋得辛苦的模样，于星衍默默低下了头，忍不住翘起了嘴角。

"嘎吱嘎吱"过山车开始向上爬行了。

于星衍感受到夜风从自己的耳边吹过，这风变得清爽又凉快，好像能把所有的烦恼都从心中吹走一样。

过山车攀顶的过程是最让人提心吊胆的，不少人都闭上眼等待着到最高点开始冲刺，于星衍却淡定地睁着眼，欣赏着只有高处可以看见的风景。

小车在过山车的最高点，停留了好几秒，于星衍把欢乐谷的夜景尽收眼底，就连山脚下那密密麻麻的楼房都能看到一些，空旷而辽远的场景让他心中的郁气洗清了不少，他深呼吸了一口气，过山车开始向下俯冲。

啊——

旁边游客的尖叫声在耳畔响起，于星衍把那口气呼了出来，他没有尖叫，只是感受着风烈烈地在颊边刮着，感受着大脑充血、肾上腺素分泌的滋味，他感觉自己要飞起来了，他的身体在下坠，灵魂却在上升。

和他一样没有尖叫的还有许原野。

从过山车上下来，于星衍神清气爽，腿不软气不喘，走在他旁边的许原野也是心情明媚，两个人直接从出口出去，工作员小姐姐早早就把轻松熊气球解了下来，在那里等着他们。

"靓女，谢谢啊！"许原野笑着对工作人员道谢。

两个人快速地把游乐园里刺激的项目都玩了一遍。

将近九点，游乐园即将迎来晚上歇业的时间，人明显变少了很多。

大喇叭里播放着最后的闭园时间，今天不是周末，也不是什么特殊节日，没有烟花秀看，所以几乎所有人都朝着游乐园的出口走，就连在夜晚人气最高的旋转木马前面都没有多少人在流连了。

于星衍看了一眼时间，准备和许原野说进了游乐园以后的第一句话。

可是许原野却在他开口之前拽动了他手中的气球绳子。

于星衍立刻闭上了嘴巴，他看向许原野，有些不解都这个点了，许原野还想去玩什么项目？

没想到，许原野居然拽着他往旋转木马那边走。

两层的旋转木马精致梦幻，转动起来，就像每一个小孩童年的梦境一样美好，就算是这个时间，还有几对小情侣和几个想坐木马的小孩子迟迟没有离开。

于星衍看着旋转木马，忍不住抽了抽嘴角。

两人来游乐园已经是打破枯燥平常生活的极限了，再坐一下旋转木马，大可不必了吧？

他默默地往回拉了一下绳子，示意许原野自己不想坐，要坐他自己坐去。

许原野感觉到绳子被抽动，他回头看了一眼于星衍，又抬手看了一眼手表。

十、九、八……

许原野的声音在于星衍的耳边响起，终究还是许原野说了进游乐园以后的第一句话。

男人磁性低沉的声音和游乐园里甜腻的空气相得益彰。

"星衍，抬头。"许原野对于星衍说道。

抬头？

旋转木马前，是游乐园最大的广场，游乐园在这里的地板上标了几个最佳观赏点，站在观赏点抬头，就能看见游乐园烟花秀的全貌。

"砰！"

烟花升起，划破了漆黑的夜空，于星衍应声抬起头，正好看见那极致绚烂的烟花在自己的眼前绽放。

"今天有烟花秀吗？今天没有吧，宝贝你快看啊！"

"哇，妈妈，是烟花！"

路人惊喜的声音交织成一片，无数正准备离园的游客也停下了脚步，抬起头看向天空。

一朵又一朵姿态各异色彩绚烂的花朵绽放在天空之上，又化作星星点点的火光落下。这样的美好转瞬即逝，但是在于星衍的眼前，它们却好像一直都没有凋谢一般，深深地印在了脑海里。

十七岁的那个秋天，他也和身边的人一起看过一场烟花秀，那个时候他举着冰淇淋，怀着无数不可言说的小心思，而现在，他却一句话都说不出口。

他怔怔地看着天空不断变化的花火，越来越多没有离开的游客聚集到了广场之上。

烟花秀持续了十几分钟，即将到达尾声。

大家收拾东西准备再次离开的时候，突然又砰砰砰地同时升起了好几朵烟花，在夜空中排成了一行字。

"YXY？"还没走的游客瞪大眼睛读着那些字母，上一行烟花字还没消散，下一行又升起了，"生日快乐……哇！是生日快乐，这场烟花是专门祝这个人生日快乐的！"

于星衍咬住了嘴唇，看着那两行渐渐黯淡下去的烟花字，心里掀起了惊涛骇浪。他有些不敢置信地转头看向许原野，在这个时候，许原野也在看着他。

男人看向他的眼神里，有理解，有包容，比天上的烟花更加美好。

于星衍没有想到，进游乐园以后的第二句话，也是许原野说的。

许原野对他说："于星衍，生日快乐。二十六岁生日，我希望你健康、快乐，也希望你永远自由，永远明亮。"

发生在于星衍眼前的这一切，就像梦一般不真实。无论是在眼前湮灭的烟花，还是在耳畔响起的生日祝福，都让他有种身坠梦中的虚幻之感。

　　可惜就如同灰姑娘的魔法十二点会消失一样，于星衍知道，这一切都有尽头。烟花只能存在一霎，他不可能一直站在这片夜空下，他总是要迎接白日的到来的。

　　游乐园闭馆的时间到了。

　　于星衍生和许原野一起，两个人随着人流往外走着，于星衍的手上还牵着那根气球的绳子。

　　于星衍心里很乱，那句从许原野嘴里说出来的生日祝福一直不停地在他的脑海中回响着，他祝他自由，祝他快乐。可是于星衍却觉得，自己好像已经很久没有体会到像今天晚上这样的自由和快乐了。

　　于星衍坐上许原野的车，他无意识地把那个轻松熊也拽进了车里，抱在怀中。许原野瞥了坐在后座的男人一眼，被于星衍这抱着气球发呆的一幕逗得直乐。

　　男人的表情很严肃，眉头微蹙，身上的西装外套在经过几个小时的游玩以后已经有些不那么熨帖了，大大的轻松熊脑袋被他双臂环绕抱着，看起来狼狈之余又有种说不出的喜感。

　　许原野不用问于星衍，也知道他今天晚上肯定不会再回南山花园了。

　　他之所以会知道于星衍今天晚上吃相亲宴，还是李颐这个大嘴巴告诉他的，听说是女方那边的家长到处和人宣扬，把八字都没一撇的事情传得有鼻子有眼的。

许原野听了以后有些心疼于星衍。曾经他也被许蒋山安排过相亲宴，对这种尴尬又窒息的场面简直就是感同身受，更何况相亲宴的时间还是于星衍的生日呢？

他安排这次游乐园之行，还有这场盛大的烟花秀，只是想让于星衍开心而已，他想让他感受到，在这样令人痛苦的生活里，其实还是有一席喘息之地的。

到达公寓的车库，时间已经到了晚上十一点。

于星衍揪着那个轻松熊气球下了车，他站在车的旁边，看着许原野弯腰把那束送给他的花也拿了出来，车库里的空气不流通，有些憋闷，于星衍呼吸一滞，感觉自己真的重新回到了现实中。

仙女教母为灰姑娘变的南瓜马车和华丽的裙子已经消失，剩下的只有一束花，还有一个街头随处可以买到的气球。

许原野把花再次递给了于星衍。

于星衍一只手牵着气球，一只手捧着花，眼神复杂地看着站在他面前的许原野，轻轻地道了声谢。

"谢谢。"

许原野明显地感觉到于星衍身上的变化，他对着他竖起的尖锐棱角好像被软化了一点，于星衍和他之间虽然还有着很厚的一层隔膜，但是起码于星衍不刺人了。

"和我说什么谢谢。"许原野对他微笑。

两个人一起坐电梯上楼，拐过走廊的拐角，在家门口背对着彼此开门进屋。

关上房门之前，于星衍最后又看了许原野一眼。

男人的背影如同记忆里那般的挺拔高大。

于星衍垂下眼眸，他打开客厅的灯，牵着那个从游乐园带回来的轻松熊气球在客厅里转了一圈，最后把它系在了电视柜的一边，气球气还很足，那个熊头飘在空中，摇摇晃晃。

那束满天星则被于星衍直接摆在了茶几上，他看着一室寂静的客厅，沉默良久，然后长长地呼出了一口浊气。

他在沙发上坐了一会儿，从裤兜里掏出了关机几个小时的手机，屏幕的白光亮起，锁屏页面出现，无数条未读消息和未接电话接踵而至，一声接着一声响起的提示音就像索命的追魂铃一样，于星衍在游乐园里抛下的焦虑和紧张全部重新回到了他的身体中。

他粗略地浏览了一下，来自于豪强的消息大多是关于他晚上不告而别的事情的，好在于豪强并不清楚他现在具体住在哪里，不然肯定要追上门来大骂他一顿。

于星衍把这些消息全部删掉。

他一只手搭在自己的额头上，一只手握着手机垂下，睁着眼，一动不动地看着对他微笑的轻松熊气球。

时间在这样寂静的夜里流逝得那样明显，于星衍总感觉自己能听见时钟滴答滴答的响声，嗒嗒嗒，秒针、分针、时针……它们一圈又一圈地在转动。

于星衍在这一刻，将自己这些年的经历全部翻了出来，就连被他关在高墙之中的，有关于许原野的回忆也全部翻出来晾开暴晒。他发现自己好像这些年盲目地追求着所谓的"成长"，一开始，他是想要于豪强的认可，后来，他又渴望许原野的认可，他确实努力刻苦地学习，每一步好像都在往更好的未来前进，但是渐渐地，他已经找不到自我了。

他被无数洪流裹挟着，那些浪头推着他往前走，但是他做的事情是否真的是自己热爱的呢？那些权利，那些别人渴望的资源，他好像轻松伸手就够到了，这是于豪强给予他的，可是他为何需要于豪强去给予？

于星衍的疲惫是从骨子里渗出来的，他修长的五指合拢，挡住了他的视线，视网膜上残留的光点在眼前飘浮，抽象又斑驳。

累。

于星衍的四肢都被抽空了力气，他甚至都不知道自己是如何坐起身，拨出那个电话的。

滴滴声响过，电话被接起了。

"杰克逊，你什么时候有空，我想和你聊聊你之前说的……"

电话在十分钟之后被挂断了。

于星衍和读研时认识的朋友敲定好了见面时间，想起朋友听见他改变主意时惊喜又惊讶的声音，于星衍突然觉得身体里好像又多了一点力气。

他拿起手机，于豪强那边已经没有再给他发消息了，但是于星衍知道于豪强的性格，这件事情不可能就这样过去的。

他做好了下次去上班的时候被于豪强堵住的准备。

于星衍起身去洗澡，路过气球的时候，男人顿了顿脚步，他突然把绳子扯住，然后一下子把那个熊头拽了下来，看着轻松熊呆呆的脸，于星衍在气球上狠狠地弹了一下。

他松开手，气球再次晃晃荡荡地飞起来。于星衍挠了挠头，有些不明白自己为什么突然这么幼稚。

于星衍放了水，准备泡澡放松一下疲惫的身体。

在拿入浴球，弯下腰的那一瞬间，他的嘴角又不自觉地牵起了一抹笑来。

他愣了一下，摸了摸自己的嘴角，发现自己除了突然幼稚以外，还在这莫名其妙地傻笑。

为什么呢？

于星衍把入浴球丢进浴缸里，看着那个小球刺啦一下旋转着把水染成了橘子味的橙色。

　　他躺进去，闭上了眼。

　　烟花再次在眼前绽开，那星火闪烁的光点那样的绚烂美丽，而许原野看着他笑得眯起来的双眼是那样令人心安，在那片烟火璀璨的夜空下，他祝他，快乐、自由、明亮。

　　温热的水包裹着他的肌肤，而那句话却点燃了他心里的那簇火苗。

　　十六岁的时候，于星衍喜欢许原野身上的那份自由和坚定。

　　二十六岁的时候，于星衍发现，他依旧那样向往，也那样羡慕，自由和坚定的人。

13

　　这无疑是一个多事之秋。

　　于星衍的生日过后，发生了许多许原野没有预想到的事情。

　　许原野一开始是觉得自己遇到于星衍的时间少了，后来他突然发现，于星衍大概是从对门搬走了，不知道从哪一天开始，他再也没有在这里看见过于星衍。

于星衍的不告而别让许原野十分的不解。毕竟在于星衍生日的那个晚上，许原野分明感受到了于星衍对他态度上的转变，他想不出来于星衍一声不吭就离开的缘由。

许原野找许原景问于星衍的情况，许原景却说自己也并不清楚，于星衍已经很久没有在他们的那个聊天群里讲话了。就连王小川、叶铮几人都不知道于星衍到底有什么打算。

许原野发消息给于星衍，于星衍也没有给回复，如果不是知道于星衍还在上班，许原野都要怀疑于星衍失踪了。

这样焦灼了十几天，许原野打算直接到于家的公司去找于星衍，但是就在他准备出发之前，听说了于星衍辞职的事情。

大家都知道于星衍是于家生意的接班人，几乎所有人都默认了他小于总的身份，于星衍这样的做法让知道这件事情的人都有些百思不得其解。

于星衍的情况许原野也是从李颐那里听来的，他大概能够想象到于星衍心里在想些什么，却依旧想要亲自找于星衍聊一聊。

但是于星衍却消失得无影无踪，在嘉城四处都找不到他的人影，知道内情的几个人又对于星衍的消息三缄其口，许原野这一次花了很久时间，才打听到了于星衍的近况。

秋日的身影在嘉城总是那样的扑朔迷离，树木四季常青的嘉城并不像北城那样季节分明，凉意也是一阵一阵的，倏忽一下，秋日就溜了过去。

寒潮袭来的时候，已经是嘉城的一月，今年过年早，人们刚换上厚衣服，年节的脚步就近了。

许原野开车从嘉城出发，按照李颐给他的地址，一路开到了宜城。

相比起嘉城，宜城作为更加老牌，历史悠久的大城市，保留了不少原汁原味的习俗，开着车在宜城的街巷里穿梭，童年时的回忆在脑海中涌现，许原野看着街边那张贴得到处都是的红色对联，以及手上拿着各种花束往家走的人们，有种穿梭时间的错落感。

开到目的地附近，许原野找了一个破旧的小停车场把车停好，从车上下来，属于宜城的年味便扑面而来。

比起嘉城，宜城的人说本地方言说得更多一些，许原野听着人们用熟悉的口音聊着逛花街的事情，嘴角不自觉地牵出了一抹笑。

于星衍现在的地址是巷尾的一栋三层小洋楼中，宜城的这一片常有这种旧式的洋楼，现在很多被翻新改造成了咖啡店或者是出租给一些小公司办公。

小洋楼外表看起来饱经风霜，红白色的格子砖脱落了许多，墙角青苔密布，爬山虎肆意地在上面攀延着。

这里看起来和坐落在嘉城中央商务中心的高档写字楼差距实在是太远。

小洋楼的左边有一家七仔便利店，门口出入的年轻人很多，大家来来往往，并没有谁多去看这栋小洋楼一眼，在宜城，这是再正常不过的街景之一了。

街边有许多居民摆放的小马扎，一个折叠桌摊开，在那犄角旮旯的方寸之地，一群顶着凉意也穿汗衫短裤的阿伯们也能推起牌来，这些阿伯们无不耳听八方眼观六路，遇到认识的人走过去了，一只手推牌一只手还能抽出空来和朋友打招呼。

"逛花街回来啦？买东西啊？"

在这样红尘喧嚣的环境里，许原野穿着驼色的风衣，看起来气质格外出众，所以当他拖了一个马扎坐在阿伯们旁边和这些人用方言聊天的时候，阿伯们一时都没有反应过来是这个后生仔在和他们讲话。

许原野随意地和阿伯们聊着天，讲了讲宜城这几年的变化，他也很久没有在宜城常住了，这次回来，真的有种久违的亲切感。

这样一个看起来是精英模样的男人在这大好的白日时光坐在街头和打牌的伯叔们闲聊，不少过路人忍不住回头看了又看。

于星衍端着一杯鱼丸从七仔里走出来的时候，根本没想过自己能在这里见到许原野。

他当时正在和身边的骆祯说话。

"不好意思，你出差这么忙还要抽出空来帮我们，这里附近没什么餐馆，等下我和杰克逊请你去吃牛肉火锅吧？"

骆祯手里也拿了一杯鱼丸，他笑道："宜城这边的人总归是我熟一点，在这边干了几年，我有能帮得上的地方肯定要尽量帮你啊，说什么谢谢。"

于星衍对他笑了笑。

杰克逊是他读研时认识的朋友，学计算机的宅男，毕业以后没有进大厂工作，那些如流水般飞向他的邀请也一一拒绝，他一心想着创业，拉了个班底在宜城落脚，虽然做出来的东西不错，但是在市场上各种碰壁，班底里的财务还中途跑路了，于星衍这次辞职过来加入他们，可以说是解了他们的燃眉之急。

这个草台班子般的公司在于星衍加入以后有了走向正轨的趋势。

骆祯是于星衍在银行跑手续的时候遇到的，对于于星衍最近的事情，骆祯也有所耳闻，他没有想到于星衍能够做得这么有魄力，明明事业小有所成，也能够壮士断腕，抛下之前的一切来和同学一起创业，这让他对于星衍多了一丝敬佩之情。

他顺手帮于星衍走个方便不是什么大事，骆祯本就没想用这件事图回报，他出差几天，往于星衍公司跑了几趟，能帮的也都帮了，明天他就要回嘉城了。

两个人在楼下七仔吃了点东西，一前一后推开便利店的门往外走。

几天下来，骆祯明显地感受到了于星衍身上的变化。

比起刚回国的时候那种锐意进取的锋芒，于星衍现在整个人都圆滑了许多，听说他和家里闹掰了，骆祯虽然没有当面去问于星衍，但是也知道这个消息多半是真的，这个年，于星衍大概不会回嘉城过了。

当他和于星衍看见许原野的时候，都愣住了。

于星衍每天都会路过楼下这个打牌的桌子，但是他几乎一次都没有注意过坐在这里打牌的阿伯阿叔们长什么样子，唯独这一次，他把这些脸都看得那么清楚。

因为他看见了一张自己熟悉到不能再熟悉的脸。

从嘉城来到宜城，于星衍就像自己十六岁的时候一样，来了一次任性妄为的出走。

他刻意没有和自己的朋友们说得详细，只说自己想休息一段时间，让大家不要担心。许原野的消息他也没有回复，他的鸵鸟心态在此刻好像达到了顶峰。他感觉自己好像还是很依赖许原野，可是在看见许原野的时候，他又会忍不住地唾弃自己，许原野就像一面镜子，把他所有的东西都分毫毕现地照了出来，让于星衍不敢面对。

于星衍做梦都没有想到，自己会在宜城街头的牌桌上看见这个男人。

男人还穿着利落挺括的风衣，眉眼俊逸，气质极好。他坐在牌桌上，正在帮一个戴金项链的阿伯推牌，那双狭长的眼眯起，手指轻轻向下一打，清脆的声响过后，传来男人轻描淡写的一声"和了"。

这个人看起来应该站在明亮光洁的某个讲座大厅的台上，他的手应该握着钢笔在文件上签下名字，但是此刻却在这样浑浊的烟火气中，帮阿伯打牌。

消失的这两个月，于星衍一直觉得自己好像做了一件十分出格的事情，和于豪强闹掰、离开家、辞职……他完全偏离了自己本该行驶的人生轨道。

但是在这一刻，看着帮阿伯打牌的许原野，于星衍又莫名觉得，好像这一切都没什么大不了的。无论是在高级的写字楼里过光鲜亮丽的生活，还是在这个破旧的小洋楼里从零开始，都是一样的。

他没有做错，他的人生，本来就不该有那条规定好的轨道。

"进来吧，这里还没怎么收拾，有点乱。"

星
野
Stars and Fields

　　于星衍打开屋子的门，看了一眼有些狼藉的客厅，不好意思地对身边的人说道。

　　许原野站在他的身后，视线往房间里面飘去，确实，比起在嘉城于星衍住的精装修的公寓，这间在宜城老城区旧居民楼里的房子看起来有些破旧。

　　于星衍搬过来以后一直忙着工作，也没有怎么打理这间房子，这套两居室还保留着房东出租时的原貌，红木家具看起来已经上了年头，到处都是磕碰的划痕，客厅堆了许多大的纸壳箱子，可以看得出来于星衍搬家搬得很急。

　　于星衍从鞋柜里拿出两双拖鞋，两人一前一后走入了客厅。

　　许原野没有想到于星衍会带他来住的地方，他本来已经做好了见不到于星衍的打算了。

　　其实他也无法准确说出自己为什么要来找于星衍，也许是害怕于星衍在斩断自己的过往的同时，把和他的一切也就此斩断了，也许是单纯地想要见于星衍一面？总之，他在打听到于星衍现在的办公地址以后，便二话不说开车过来找他了。

　　于星衍这里没有烧好的水，他直接从一箱纯净水里拿了一瓶递给许原野，于星衍把外套脱下，只穿了一件白色的长袖衬衫，看起来斯文又安静。

　　许原野接过于星衍递过来的矿泉水，拧开瓶盖喝了一口。身

237

上还残留着在麻将桌上时被熏到的烟味，许原野摩挲了一下指腹，烟瘾被勾起了些许，但是今天他出门并没有带烟。

许原野注意到客厅的茶几上放了一个烟灰缸，里面倒是积了不少的烟灰。

于星衍似乎是看出了许原野心里的想法，他沉默了一下，拿出一包烟递给许原野，道："来一根？"

许原野"嗯"了一声，从烟盒里抽出了一支，烟灰缸旁边就是打火机，许原野给自己点上。

宜城的天色此刻已经彻底黑透了，老小区外面的树长得很高，枝丫挤挤挨挨地在楼与楼之间生长蔓延，不知道哪里在放着贺新春的歌曲，喜庆的歌声被风吹碎成模糊的片段，和树叶摇动的沙沙声一起，把客厅里的寂静烘托得更加的明显了。

许原野坐在沙发上，于星衍则靠在沙发旁边的博古架上，两个人指尖烟头的橘橙色光点时明时灭。

烟雾在眼前弥散开来，男人前倾着身子坐着，风衣里是一件黑色的高领毛衣——也是许原野一贯爱穿的风格。男人的背脊拱起，就像荒野上起伏的山峦，抽烟时垂着眼，下颌线锋利，比起和阿伯们一起打牌的时候，气质更加具有野性。

于星衍不好意思告诉许原野，他之所以会做出别人看起来觉得不可思议，甚至他自己都觉得仓促的决定，是因为那天他带他

238

去游乐园，对他说的那句生日祝福。

　　也许这个念头已经在他的心里埋了很久，但是于星衍知道，如果没有许原野，也许他一辈子都不会真的把这个念头付诸行动。

　　和于豪强闹掰的那天，于星衍看见了他这辈子都无法忘记的，令他觉得好笑又讽刺的厌憎表情，而做出这样表情的居然是他的亲生父亲。

　　于星衍想，那一刻，在于豪强的心里，他大概已经死了一次吧？

　　牵着于阳悦的王菁菁看着他，也一脸恐惧的样子，把于阳悦的耳朵捂上，好像生怕那个懵懂的小男孩从他的身上学到什么，可是没过多久，她的眼神里又有掩不住的窃喜——从今天以后，大概她的儿子就会成为于豪强心里的第一位了。

　　原先于星衍以为，迈出这一步付出的代价必定是惨痛的，可是当他真的迈出这一步以后，他才发现，他感受到的只有打开枷锁以后的快乐。

　　从于豪强身上得到的亲情，早就已经稀薄得让他感受不到什么爱意了，与其说是亲情，倒不如更像是在做生意。于豪强给他资源，他装点了于豪强的面子，至于更多的感情上的东西，于豪强好像没有想要从他身上得到，他也没有想要从于豪强身上获取。

　　于星衍离开嘉城的时候，只有几个朋友知道他准备去哪里。

对于叶铮、王小川这种幸福家庭长大的人来说，他们可能无法与于星衍感同身受，虽然没有多问，但是于星衍知道叶铮、王小川是把这当成一件大事的，面对于星衍的时候，他们小心翼翼，生怕于星衍会因为这件事情伤心。

但是对于崔依依来说，于星衍做的这个决定可能就不是什么了不起的大事了，她的身边有太多"离经叛道"，游走于正常社会秩序边缘的人，在知道于星衍和家里闹掰甚至辞职以后，崔依依非常真诚地祝福了他。所以崔依依是于星衍临走之前唯一一起喝了一顿酒的人。

崔依依对于星衍说："人嘛，活一场不容易，如果能够让自己快乐，就算是片刻也好，那也先快乐了再说。"

于星衍看着她，总是记起刚上嘉城六中的时候，那个绑着高马尾踩着漂移板又酷又飒的学姐，崔依依是自我的、高傲的，在这一点上，只有许原野和她是相似的。

他和崔依依喝酒的那天，崔依依喝多了。她现在也是有些人气的女明星了，但是喝醉了酒依旧口无遮拦，什么都往外说。

她说起自己高中的时候就知道蒋寒喜欢她了，一直等着蒋寒表白，可是蒋寒一直不说。又说自己知道蒋寒现在想结婚了，也一直等着蒋寒求婚，可是蒋寒就是不求。她颠三倒四，浑浑噩噩地说了一堆，于星衍看着这样的崔依依，心里有些羡慕。

蒋寒和崔依依能走到今天，是很多人都没有想到的。大家不是害怕蒋寒会变心，所有人都觉得，崔依依的喜欢不会长久，大概蒋寒自己也这样觉得吧。

但是于星衍看得出来，崔依依是一个很难把自己的感情交出去的人，一旦交出去她就不会轻易收回来。

崔依依醉酒的时候大部分话都是关于蒋寒的，骂他不洗袜子，骂他点外卖不喜欢扔垃圾……于星衍便静静地听着。

后来，崔依依似乎是想起了这顿酒是为了给于星衍送行，她又说起自己的朋友们。谁三十岁了辞职在非洲搞野生摄影啊，谁得了癌症没有化疗在旅途的中途没了啊，谁一心想要搞乐队现在还在地下室里吃泡面的啊……那些五光十色，和于星衍以往的生活截然不同的人生好像发生在平行世界里面。

讲着讲着，崔依依醒了酒。她点了一根烟，慢悠悠地抽了两口，突然问道："星星，你是为什么会做出这个决定呢？"

于星衍本来一直在听她讲话，听到这个问题，他有点愣神。

过了一会儿，于星衍才回答她，"在我生日的那天，许原野突然到了南山花园，然后带我去了游乐园。"

崔依依听到他的回答，吐了一口烟，嗤笑了一声。

于星衍抿了抿唇，继续说道："他祝我自由。"

崔依依眯起眼，似乎在想什么是自由。

"星星，人活在这个世界上，很难拥有绝对的自由。人总是会有羁绊的，只要你还存在于社会关系之中，那你就总会有需要守的规矩，需要负的责任。你知道我为什么不再抗拒和蒋寒结婚吗？要知道，在一年以前，我还是一个坚定的不婚主义者。"

她弹了弹烟灰，唇畔勾起一抹笑，"因为我发现，自由和爱并不相悖。来自蒋寒的爱，让我的自由更加坚定了。他支持我的事业，不束缚我的精神，那我为什么不把与这个世界的羁绊给他呢？"

于星衍知道，自己在社会阅历上，也许并没有崔依依那么丰富，他的人生大部分时光都扮演着学生的角色，生活在象牙塔里，不像崔依依，接触过形形色色的人，所以当崔依依对他说出那句话的时候，他的心头仿佛有一把锤子重重地捶下，好像灵魂都在震颤。

"星星，如果许原野能够让你在自由的同时，拥有归属感，那么这真的是一件很难得的事情。至少，你的父亲做不到。"

滴答。

时针和分针重合，又是一个整点。

于星衍今天本来打算请骆祯去吃牛肉火锅的，但是因为许原野的出现，骆祯提前走了，牛肉火锅也没有吃成。

晚饭是和许原野在楼下肠粉店随便解决的，好在本地小店味道很好，吃得也算尽兴。

一根烟燃尽，回忆的思绪在于星衍的脑海里渐渐散去，于星衍走过去，慢吞吞地在许原野的身前蹲下。

男人被于星衍的动作弄得有些惊愕，许原野把烟蒂摁在烟灰缸里，看着他。

于星衍仰头看着他，一双杏眼瞪得浑圆，里面闪烁着许原野看不懂的光。

"你不觉得我做的事情很幼稚吗？和父亲闹掰、辞职，就和当年离家出走一样幼稚。"

许原野愣了愣，失笑道："这有什么幼稚的，做自己想做的事情，是一种大多数人并不具备的能力。"他看着于星衍，目光柔和，"我觉得，你是真的长大了。"

于星衍听完许原野的答案，又低下了头。

回国的这大半年里，许原野做的事情一一在眼前掠过，无论是他在许原景生日宴会上拉的小提琴，还是牵着狗笨拙地在他家门口等他的身影，点点滴滴，于星衍好像从中感受到了一点像家人一样的温暖。

马上，又是新年了。

"靓仔，今日都来食肠粉啊？"

见到于星衍走进店里，正在擦桌子的老板抬起头，笑眯眯地和他打招呼。

"一份斋肠带走，多谢。"于星衍也回了老板一个笑容。

年前的最后一天上班日了，于星衍按照惯例下班以后来这家肠粉店吃东西。他看了一眼老板贴出来的告示，这家店营业到后天也要关店了，他皱了皱眉，心想等下还得去一趟超市买点东西回去囤着才行。

等待肠粉的间隙，于星衍低头看了一眼手机，聊天群里蒋寒和王小川正计划着放假以后抽时间来宜城看他，崔依依要赶演出没有时间，却依旧热心地发着各种宜城美食店的地址。

目光掠过某个聊天框。

他和许原野的聊天记录一直没有更新。

自从上次许原野来宜城找他，已经过去了一个星期。

打包好的肠粉递到于星衍的手上，于星衍扫码付过钱，拎着塑料袋子往家走。

和之前不一样，现在的工作大多数都要靠于星衍亲力亲为，一天下来于星衍只想回家躺着睡觉，不要说出去喝酒了，就连在店里面吃顿饭的时间他都不想浪费。

这个年于星衍不打算回嘉城过了，或者说，未来的很多年估

244

计于星衍都不会回南山花园过年了。毕竟于豪强一次都没有联系过他。

于星衍看着手机屏幕，有些烦躁地咬了咬嘴唇，后面干脆把手机塞回衣服兜里。

居民楼一楼摆了一盆金橘树，上面系满了小红包，看起来格外喜庆，于星衍每次打开铁门走进去的时候衣角都会被树枝刮到，这次也不例外。

他无奈地一只手撑着门，一只手把衣角从树枝上拿下，感觉塑料袋子勒着手指往下坠，有点痛。

楼道昏暗，脚步踏上去，感应灯不那么灵敏了，过了几秒光才亮了起来。

他一步一步地往楼上走，不知道谁家煲的汤的香味扑鼻而来，闻得他胃中一阵咕噜叫唤，于是他抓紧了脚步，想要回家把那份尚且温热的肠粉解决了。

走到三楼，于星衍听见了细小的动物叫唤声。

"嗷呜……嗷……"

有些奶气的狗叫声传入于星衍的耳朵里，男人上楼的步子一顿，他抬起头，仰起头往上看，整个人愣在了原地。

抱着一只小金毛的许原野今天穿了一件黑色的夹克，深色的牛仔裤收入高筒冲锋靴里，看起来格外的年轻帅气。昏暗的楼道

245

光线依旧遮掩不住男人出色的五官，特别是那双含着笑的眼睛。

于星衍张了张嘴，还没来得及说话，就听到许原野抱着那只小金毛说道："团团，这是星衍，来，和星衍打个招呼！"

软糯一团的小狗水汪汪的眼睛里满是懵懂，不是很配合地撇过了头。

许原野也不觉得尴尬，他的厚脸皮功夫在于星衍回国后的这半年里已经无人能敌了，他握起团团的一只爪子，朝于星衍挥了挥。

"星衍，我带着儿子来和你一起过年了！"

于星衍往上又爬了几步楼梯，这才把自己房子门口的情况看个清楚。

许原野带来的东西堆满了楼道，如果不是许原野这个大帅哥站在东西旁边，于星衍一定会觉得是谁逃难逃到这里了。

他艰难地绕过许原野的大包小包，走到了大门前，用钥匙开了锁。

开门之前，于星衍回过头，扫了许原野一眼。

许原野抱着团团，身后如果有尾巴，那么此刻肯定已经摇到了天上去。

许原野笑笑说道："我这个星期接团团去了，带团团检查打疫苗，还有收拾行李，这不是事情一弄好，就来投奔你了吗？"

于星衍推开门，脸上带着笑，却没好气地说道："进来进来！"

于星衍坐在客厅的餐桌上吃肠粉。

和以往的每一天不同的是，这间房子多了一个人，还多了一只在地上好奇地到处跑的小狗。

那个聒噪的男人在房子里不停地转悠着，一会儿问于星衍要不要重新扫一遍地，一会儿问于星衍客房能不能用来给自己放书，搅扰得于星衍吃饭都吃不好。

而那只小狗则在于星衍的脚边蹭了蹭，用湿漉漉的眸子看着于星衍，轻轻地"嗷"了一声，看得于星衍心都软成了一摊水。

于星衍把肠粉吃完，俯身去摸了摸小金毛的头。

许原野得意的声音又出现在他耳畔。

"星星，我告诉你，团团可是那一窝小狗崽里最可爱的，我……"

于星衍的视线在那一瞬间变得有些模糊。

这间宜城的出租屋，从来没有一刻像现在这样有"人气"，或者说，于星衍已经很久没有感受过此刻的，类似于"家"的温暖了。

他想起了自己曾经对许原野说，他也好想有一只小狗，但是没有时间养。

许原野那时候告诉他，会有的，都会有的。

此刻，被许原野取名叫作"团团"的小金毛就在他的手畔蹭

247

着，而那个养狗的人正在往这间屋子里填充着各种东西。

许原野给他的门贴上了亲笔写的福字，把冰箱填得满满当当，很认真地在忙碌着。

于星衍觉得自己好像在做梦。

他觉得自己好像有了像家一样的地方，虽然这里不是什么豪宅，只是一间他租下来的旧屋子，但是他也有一个家了。在这一刻，他感受到自己是幸福的，也是快乐的。

时间转过几日，便是除夕。

宜城禁止烟花爆竹，但也有小孩子偷偷在楼下点烟花棒玩，这里是老城区，年味很浓，各家各户年夜饭的味道早早便弥散了开来。

在于星衍这间出租屋里两个人和一只狗。他们三个一起，迎接新年的到来。

于星衍和许原野喝酒喝多了，便一起倒在沙发上，电视里自顾自播着春晚，喝大了的于星衍道："许原野，谢谢你。"

许原野看着于星衍，打了一个酒嗝。

于星衍笑了。

这个城市很大，但也庆幸，还有这样一个方寸之地，可供他来落脚。

番

外

黄粱一梦

于星衍睁开眼睛，整个人大脑放空地茫然了几秒。

他坐起身来，闻到了一股消毒水的味道，这让他有些不适，吸了吸鼻子，于星衍的视线逐渐聚焦。

这是哪里？

醉过去之前的记忆分明是自己在蒋寒和崔依依小孩的百日宴上喝多了，在喝大之前，于星衍还感叹了一番自己青春不再，人真的老了……这消毒水味，自己是喝进医院了吗？

他摁了摁自己的太阳穴，面前浅蓝色的帘子刷一下被拉开了，一个穿着白大褂的中年女人站在帘子后面，手里拿着一个文件夹，看见他的时候眯眼笑了，很亲切的样子。

"于星衍同学？醒了呀，你的家长来接你了。"

于星衍……同学？

同学。

为什么叫他同学，这是什么情况？崔依依新想出来的角色扮演恶作剧吗？

于星衍看着这个女人，疑惑地眨了眨眼，他顺着女人的目光低下头，看见了自己肿得和馒头一样大的脚踝。

他腿上穿的是熟悉又陌生的校裤，穿着白大褂的女人胸口别着的名牌上面写着"嘉城六中医务处"……

这魔幻的一切提醒着于星衍，自己身上好像发生了什么了不得的事情。

崔依依好像不至于安排一场这样细致的恶作剧捉弄他。

"于星衍同学？"

见坐在病床上的清秀男生不说话，医务室的女老师又喊了他一声。

"啊……好。"

一边答应了女老师一声，于星衍一边不敢置信地掐了自己一下——是痛的。

不好的预感浮上心头，于星衍迎着女老师关切的目光，试探性地动了动自己扭到的脚踝，立刻痛得倒吸了一口凉气。这样清晰不作伪的痛感让他开始认真怀疑起了自己的处境。

他这是穿越了，还是时光回溯了？周围的一切实在是过于真实了，以至于于星衍的脑海里一瞬间蹦出了许多无法用科学解释的小说桥段来。

好在于星衍现在已经不是一个容易因为特殊情况而惊慌失措的毛头小子来了，他知道既来之则安之，当务之急是确定自己回到了什么时候。

医务室、崴脚、高中……

久远的记忆在脑海中翻滚，于星衍勉强从里面找到了和如今状况类似的片段——好像是在自己高一的时候，崴到了脚？

但是好像他并没有在医务室里睡过去。于星衍皱了皱眉，继续回想，他崴到了脚，然后，他打电话给了……给了许原野？

"您好您好，我是于星衍的班主任陈老师，于星衍是在运动会的时候崴到了脚……"

于星衍的思绪被男人的声音打断。

他的视线穿过医务室老师，往门口看去，果不其然看见了一个自己熟悉到不能够再熟悉的身影。

是许原野。

穿着一身正装的男人身形修长挺拔，气质极佳，男人站在一脸抱歉的班主任面前，正在和班主任交谈着。

于星衍的目光在接触到许原野的那一刻怔住了。

这样年轻的许原野对于他来说只能从回忆里触及一二，现在却从回忆里走了出来，就这样站在他的面前。说实话，于星衍已经记不清楚自己当时看见许原野是什么反应了，但是现在看到许原野，便又有万般复杂的情感浮上心头，让于星衍有些坐立难安。

"陈老师您好，我是于星衍的表哥。"

男人的声音低沉磁性，周身气场内敛而沉稳，架着一副金边细框眼镜，帅气且斯文。

和记忆里别无二致。

于星衍目光追随着男人的动作，一秒都没有放松，很快，他便和许原野遥遥望过来的眼神对上了。

于星衍坐在医务室的床上，肆无忌惮地用自己的目光打量着十年前的许原野。

男人的眼尾没有皱纹，也不像现在那样总是对着于星衍摆出一副嬉皮笑脸的模样，他看着于星衍的时候，目光里有审视，有几分不易轻易察觉的无奈和嫌弃，但是表现得并不明显。

这是年轻的、高傲的，像一头正在盛年的雄狮一般骄矜的许原野。

于星衍的手指掐了掐掌心，他的脑海里不由自主地浮现出了前几天和许原野的对话，许原野向他抱怨自己有白头发了，他向许原野抱怨近视的度数又加深了，而现在，这一切都消失了。

他好像，回到了自己十六岁的时候，那个时候，许原野才刚刚大学毕业，他们才认识几天，一切都尚未开场。

　　认识到这个事实，于星衍舔了舔唇，夏天的医务室空调开得很低，窗外绿荫重重，阳光正盛，仔细去听，还能听见外面学生军训时喊口号的声音。

　　于星衍忍不住闭上眼睛，停了两秒，再睁开。

　　许原野的脸清晰地出现在了他的面前。

　　男人微微蹙着眉，镜片后狭长的双眼看着他，男人的五官长得很优秀，鼻梁直挺，双唇微薄，下颌线条利落，组合在一起那帅气便格外的逼人。

　　纵使是已经二十六岁的于星衍，也忍不住为许原野这张"翻新"的脸蛋而呼吸一滞。

　　"你怎么样，能走吗？"

　　于星衍听到许原野问他。

　　虽然他回到了十年前，但是在许原野出现以后，于星衍就找到了自己的定海神针。在听到许原野的问话以后，于星衍更是彻底回到了舒适区内，甚至有闲心开始想一些杂七杂八的事情。

　　十年前的自己是怎么回答的呢？于星衍手指摩挲着床的被套，一边思考，他一边往下压了压嘴角，对着许原野露出了一个浅浅的笑来。

两个人的目光交汇着，于星衍感受到许原野在打量他，如果是十年前，他可能会觉得紧张，但是现在，他只觉得这样的许原野很可爱，甚至一个大胆的想法在他的脑海中浮现了出来。

然后，莫名其妙就成了别人家长的许原野，听见了一句更加让他莫名其妙的话。

那个长得清秀好看的小男孩对他笑得很大方，看起来一点都没有前几日在家里和他撞到的时候的尴尬和畏惧了，一双圆圆的杏眼里亮着光，看起来说不出的狡黠。

于星衍，这个名字对他来说还有点陌生，许原野更愿意称呼他为爱惹麻烦的小朋友。

爱惹麻烦的小朋友笑嘻嘻地双手撑着病床，对他说："不行啊，表哥，我脚好痛……呜呜。真的走不了，要不然你背我回去吧？"

说完，这小孩还朝他眨巴眨巴眼，一副很可怜的模样。

男人站在病床前，有些不敢置信地僵硬地看着这个高一新生。

他没听错吧？他不过是演戏客套一句，这小孩还顺着杆子往上爬了？

到底是谁给的这个小屁孩勇气？我跟他很熟吗？

彩蛋游戏

　　近日网络上掀起了一股寻找"彩蛋"的风潮，这股风潮据说是由网络作家"在野"的粉丝发起的，然后很快蔓延至全网。大忙人于星衍作为一条互联网的"漏网之鱼"，根本没有被网络上的热门活动影响分毫，就算他公司里有不少职员参与了"彩蛋游戏"，他也对网络上发生的事情一无所知。

　　又一次加班后，于星衍回到住处，小心翼翼地打开门，生怕惊扰到熟睡的人。门刚开了一个缝隙，他就猝不及防地对上了许原野的视线。

　　许原野拖着一把椅子黑着脸守在门口，活像一个门神。

　　"今……今天怎么在门口迎接我？"于星衍磕磕巴巴地问道。

　　许原野嘴角一弯，脸上的黑云消散了些许，但是笑容里明显藏着冷刀。

"这是你今年第六十九次加班，第十八次不接我电话，第六次凌晨两点以后回来……"

显然他的同居室友对他有一肚子的怨言。于星衍早就不像以前那样对许原野抱着尊敬又害怕的态度了，听见他的指责，他不但不慌张，还在心里默默反驳。

今年可不止六次凌晨两点以后回来，难怪他总说自己不够爱惜身体。

许原野捧着不知道从哪里变出来的保温杯，呷下一口浓茶，看着提着公文包站在门口的于星衍，意有所指地说道："最近刷微博了吗，有个很火的活动你知道不？"

于星衍无奈地看着他，不知道这个男人为什么好像年纪越大反而越幼稚了，"我有多忙你又不是不知道，我哪里有空刷微博啊？"

许原野没有搭理他，从鼻子里挤出一声冷哼，站起来拎着椅子就走掉了。

于星衍略微茫然地看着许原野的背影，许原野没头没脑地发脾气，他想破头也不知道这人是因为什么生气。

洗完澡，忙了一天的于星衍疲惫地坐在沙发上，拿起了手机。

想起刚刚许原野提到的微博活动，他点开了手机里不知道已经多久没打开过的黄色眼睛软件。登录上微博，他的账号还是很久以前的小号，从来没有打理过的账号被很多博主买了粉丝，一刷新主页全部都是五花八门的推送，从植发广告到知识科普应有尽有。

　　于星衍点进自己的主页，放在屏幕上的手指顿了顿。

　　他发过的微博并不多，只有几条，内容更是语焉不详。只有他自己知道，那些微博……全部都在说那位已经去睡觉了的室友。

　　久远的青春回忆就像浓墨重彩的画卷一样骤然在于星衍的眼前展开，于星衍自己都不知道，自己原来还能把十年前的事情记得这么清楚。

　　第二天上班，于星衍难得在开完会后忙里偷闲了一会儿。

　　和他不同，许原野的微博不仅粉丝众多，而且这几年愈发活跃起来，由于改编 IP 出了好几部好剧，许原野的微博下还时常能够看见演员的身影。

　　看完许原野的微博，于星衍终于明白了男人凌晨堵他的时候说的活动是什么了。

　　原来是许原野的读者最近发现，许原野的小说里有些段落藏着彩蛋，段首的第一个字连起来居然可以变成句子，或短或长，内容不一。

众所周知，广大网友不仅闲还爱凑热闹。本来只是许原野粉丝参与的找彩蛋游戏经过发酵，最后居然变成了一个全民活动，又因为热门剧的原著小说也有彩蛋，好几个演员也热情参与，以表示自己对原著的重视。

总之，就是热度很高。

但是许原野的小说动辄大几百万字数，又没有指定的文本，在里面找几个小小的段落无异于大海捞针，直到现在都没有人能够找全，找出来的多是"今天的饭真难吃""怎么又加班"这种略带嘲讽味道的句子。

于星衍点开网友整理的彩蛋图片，沉默地关掉图片，心中未免有些不好意思。

许原野藏的这些彩蛋大部分都是在抱怨他的。

仔细去看许原野的彩蛋章节发布的时间，于星衍不难回忆起当日发生的事情。

比如发"今天的饭真难吃"那天，自己难得准备下厨一次，结果放了他鸽子，还企图用打包的小炒糊弄过去……

真是个小心眼的男人！

于星衍一边因为许原野幼稚的报复行为感到啼笑皆非，一边又忍不住在这种全民寻找，而他一眼看破真相的情景中生出了些隐秘的得意。

　　但是……许原野叫他去看这个活动的原因肯定不止于此。

　　于星衍了解这个男人的性格，如果不是这件事背后藏着一个很大的计划，许原野绝对不可能主动开口提醒。

　　抱着这样的猜想，再加上于星衍微妙的、不想输给网友们的心态，连续好几天，于星衍都偷偷在办公室里看许原野的小说。

　　于星衍已经很久没有这样开小差了，有时候秘书进来送文件，他还会被吓一跳，久违地感受了一把高中时候偷偷玩手机的感觉。

　　努力了几天，于星衍都没能发现许原野的书里面藏了什么特别的彩蛋，反倒被许原野新书的内容所吸引，看到后面基本上已经把找彩蛋的事情抛之脑后了。不得不说，许原野这人在写小说这件事情上，还是让人没话说的。

　　"所以，你到底有没有去看我说的活动？"一个星期过去，许原野按捺不住再次询问于星衍。

　　于星衍默默把界面还停留在小说阅读器的手机锁屏，装作毫不知情的样子，淡定地摇了摇头，"没有啊，什么活动，你直接说不行吗？"

　　许原野哪能看不出于星衍在装模作样，他磨了磨牙，压下心头往上冒的火气，"最大的彩蛋，我可以给你一个提示，要不要？"

于星衍眨巴眨巴眼，本来还想继续装聋作哑，但是好奇心却在心头疯狂叫嚣。

许原野太了解于星衍了，不等他开口，转身就走。

"唉，唉！你说！"小于总脸色尴尬。

许原野轻哼一声，侧头说道："我最短的那本小说。"

于星衍当然知道许原野指的是哪本书，但是他在翻找的时候，下意识地回避了那本书。

那里面……藏了些什么？

又是一个工作日，在只有他一人的办公室里，于星衍打开了小说阅读器。小说并不长，他虽然不常看，但是对里面的情节都记得很清楚，他仔细地回忆着可能出现彩蛋的段落，翻来翻去也没翻到。

一整天的战斗宣告失败，于星衍难免感到一丝挫败。

下班的时候，许原野给他发消息说要过来接他去吃饭，于星衍心中感觉更加奇怪。

许原野是一个能不出门就绝对不出门的人，虽然看起来擅长交际，但像这样主动来公司和他吃饭的情况实属少见，再加上这些天轰轰烈烈的"彩蛋游戏"，于星衍疑心难道今天是什么重要的日子不成？

　　许原野订了景色很好的西餐厅，穿着西装打着领带，帅得于星衍差点没敢认。于星衍虽然也穿着正装，但是并没有仔细打扮，一时间心底有些生气。这老男人光顾着自己，完全不考虑别人是不是会成为他的背景板。

　　而且……今天到底是什么日子啊？

　　于星衍百思不得其解。

　　许原野带着他走进去，包场的餐厅幽静漂亮，空荡荡的，看不见服务生，整个顶楼餐厅现在只有他们两个人。二人坐在靠窗的圆桌旁，落地窗外已是夕阳西下，天空中的云彩热烈又灿烂，多情的色彩瑰丽得如同梦境。

　　于星衍看见了桌上提前摆好的书。

　　许原野已经放弃让他自己寻找了，把答案直接放到了他面前。于星衍舔了舔嘴唇，不得不说，许原野的做法真的让他产生了巨大的好奇。

　　终于要揭开谜底了。

　　于星衍郑重地拿起了桌面上的小说，翻开了夹着书签的那一页。映入眼帘的是一段用马克笔画出的句子，其中夹杂着中文和英文两种语言，于星衍不禁在心中暗骂许原野，这中英结合谁能找得到啊？

不过他明白了这是什么日子，而许原野要给他的，又是什么彩蛋。

那些单词连在一起，是这样一句话。

——今天，我遇见了你，十年后，我还会纪念这一天。

"十年前，在异国他乡的街头，我遇见了推开面包店大门走出来的你……"

许原野的声音在他耳畔响起。

"今天，我想和你一起过这一天。

"感谢十年后，我不用偶遇，就可以站在你身边。"